风动
一庭花

梁新会◎著

国文出版社
·北京·

图书在版编目（CIP）数据

风动一庭花 / 梁新会著 . -- 北京 ：国文出版社，
2025 . -- ISBN 978-7-5125-1820-9

Ⅰ . I267

中国国家版本馆 CIP 数据核字第 2024B8K443 号

风动一庭花

作　　者	梁新会	
责任编辑	侯娟雅	
责任校对	丁　宁	
出版发行	国文出版社	
经　　销	全国新华书店	
印　　刷	北京飞达印刷有限责任公司	
开　　本	710 毫米 ×1000 毫米	16 开
	12 印张	202 千字
版　　次	2025 年 1 月第 1 版	
	2025 年 1 月第 1 次印刷	
书　　号	ISBN 978-7-5125-1820-9	
定　　价	39.80 元	

国文出版社
北京市朝阳区东土城路乙 9 号　　邮编：100013
总编室：（010）64270995　　传真：（010）64270995
销售热线：（010）64271187
传真：（010）64271187-800
E-mail：icpc@95777.sina.net

总序：爱上阅读，学会写作

○凌翔

爱读书，读好书，养成阅读好习惯，这是近年来流行的好趋势。

阅读的好处毋庸置疑，既开阔了读者的眼界，也陶冶了读者的情操。阅读好书会使读者提高自己的能力素质，调整自己的心情，缓解生活中的压力，帮助读者在丰富知识的同时增强胆识和气度。所以，引导广大青少年学会阅读，爱上阅读，阅读好书，越来越成为专家学者们的一大重要任务。

散文是一种抒发作者真情实感、写作方式灵活多样的记叙类文学体裁。广义地说，散文是与小说、诗歌、戏剧并列，在小说、诗歌、戏剧以外的所有文学作品的统称。但在当代，散文又专指那些形散而神不散、意境深邃、语言优美的文章。所以，当代散文又有了一个形象的称呼：美文。

散文的门槛不高，可以说，只要会写作文的人，都能够写散文。所以，在我国，每天都会有数不清的散文作品诞生。不过，尽管散文作品的量很大，但真正的好散文、真正能够传世的散文作品并不多。可以说，我们常见的散文作品大多是平庸的。所以，为了能够在海量散文作品中发现优秀的作品，人们开展了多种多样的散文评选活动，其中名气较大的有冰心散文奖、朱自清散文奖、三毛散文奖、丰子恺散文奖等。当下最为权威的散文奖项当数冰心散文奖，被誉为中国散文界最为重要和专业的奖项。该奖项由中国散文学会组织，在著名作家冰心女士生前捐赠的稿费基础上设立，每两年评选一次，旨在评选出题材广泛、思想敏锐、能够深刻反映现实生活的优秀散文作品。正因为此，每届冰心散文奖获奖散文作品集都极受欢迎，成为散文写作者的范本，也成为老师推荐学生阅读的精品。为了给广大读者提供更多更精美的散文阅读范本，编者从已经举办的十届冰心散文奖数百名获奖作家中挑选出几十位散文家，请他们从自己所有的作品中挑选出最适合中学生阅读的文字精美、意境深远的作品，结集推出。

首先，大家知道，与小说相反，散文是写实的。散文作家在写作时，如同用照相机拍照一样，用他们的笔墨触及身边的人、事和风景；即使是历史散文，作者笔墨描绘的也都是真实的人和物。所以，真实是一篇好散文要满足的首要条件。其次，好的散文在"形"散的基础上，实则上是"神"的聚焦，是思想的聚焦、灵魂的聚焦。正所谓说东话西，全都是为了一个中心。第三，散文注重抒情，注重遣词造句的美与高雅，注重每个篇章、段落之间层次的递进、并列和呼应，所以，散文又是不拘一格的。正因为此，阅读散文作品时，要能够阅读出新词妙意，阅读出谋篇布局，阅读出作者的所思所想，阅读出作者字里行间散发出来的对生活的热爱和对美好人生的向往，以及对万事万物的兴趣和景仰。

千万别指望别人给你提炼出一二三四的写作方法，即使有人总结出了什么写作诀窍，也千万不要相信。写作从来都没有捷径，要想写出好文章，必须进行深入的阅读，并且阅读好的作品，在阅读的同时还要不断分析作品，把作品拆开来思考。只有读出了每篇作品的结构组成，读出了人物、事物刻画的方法，读出了语言运用的技巧，才会把优秀作品的营养吸收下来，从而转化为自己写作的智慧。

散文写作的门槛确实很低，但写作的台阶却很多、很高——我们每迈上一级台阶，都需要付出很多很多的汗水。让我们一起多读好文章吧，为自己写出好文章积累砖瓦，达到"对事物的观察十分细致，对人物的刻画九分入骨，对心灵的把握八分精准"的标准。

（凌翔，享受国务院特殊津贴专家，《解放军报》高级编辑，原解放军总政治部军区军兵种报刊副刊奖评委，全军军事百科知识命题专家组成员，2000 年被中国科协评为"成绩突出的国防科普编辑家"。主编的"冰心散文奖获奖者散文自选集"等系列图书受到广泛好评。）

作者简介

梁新会，女，陕西永寿人。中国作家协会会员，《西安晚报》《少年月刊》专栏作家，陕西省作协 2019 年定点体验生活项目签约作家。小说、散文、诗歌散见于国内多种报刊，出版有散文集《静日玉生香》《树树皆春色》，长篇小说《陪读》《璇玑图》。作品曾获第九届"冰心散文奖"、第三届"禧福祥杯全国青年散文大赛"银奖、首届"电力文学奖"提名奖等多种奖项。

目录

第一辑　一方水土

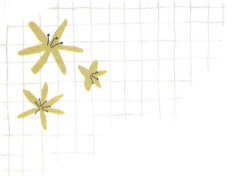

第二辑 高山流水

目录

第三辑　临水照花

第一辑

一方水土

豹榆树的心里装满秘密

在我们永寿，有一棵树被传得神乎其神。

这是一棵豹榆树，在甘井镇五星村西的麦田里站立了1700多年，依旧枝繁叶茂，亭亭如盖，树形优美异常，宛如绝世佳人。我久闻其名，每次在网络上看到她的照片和视频，总是心驰神往，浮想联翩。

早春的一天，我们同学一行六人前去观赏慕名已久的豹榆树。大家神情肃穆，就像要去拜会一位神交已久的故人。离得老远，我们就看见一个高大的树冠在天边自由摇曳，广袤的原野，仿佛是她演出的天然舞台。我们下车步行，完整的树形逐渐显露出来，好像大地擎起的一把巨伞，遮天蔽日，圆润饱满。再近一点，树愈发高大，人愈发渺小，须仰视可见。旷野上的风飘忽不定，形貌奇绝的豹榆树如同一个六层楼高、占地两百多平方米的硕大气球，悠然随风摇摆。天空高远，树影婆娑，麦苗青青，沟壑纵横，这景象让人仿佛置身在梦幻般的电影大片中。

树下围有一圈铁栅栏，我们绕树半圈，发现高大粗壮的主干，遭过雷击火烧，焦黑如炭，顶部被硬生生折断，寸草不生，既像高贵威严的君王，又如怒目圆睁的金刚。我们从远处看到的豹榆树其实是主干四周的枝权，这些枝权粗细不一，错落有致，如同一群手持巨大团扇的仙女，很贴心地把整个树身环抱起来，似乎不想让人窥见君王的庐山真面目。

再走少半圈，发现栅栏上的铁门居然可以打开。我们鱼贯而入，只见树根凸出地面，盘根错节，好似蛟龙翻腾，随时就要拔地而起。树身布满节疤，大小不一，有的宛如拳头，有的好像佛陀，有的酷似狮面，被人摸得油光发亮。我们也不能免俗，挨个儿摩挲了一遍。

最为神奇的是带有裂纹的树皮，淡淡的灰褐色上布满斑点，白黄褐三色相间，颜色深浅不一，图形既像大大小小的祥云，又像豹子身上的斑点花纹。据说斑点的颜色还可随四季气温变化。太不可思议了，真是天生神异！

"我们手拉手量一下树身吧！"霞想起了小时候经常玩的游戏。她的提议得到了大家的积极响应。于是，我们六个人伸长手臂，踮起脚，用最原始的方式，丈量一棵古树的胸怀。可惜，差了一大截。看来资料上所讲属实——树根部直径约7米，七个人合抱，才能环抱起来。

既然合抱不过来，那就爬上去看看。我们六个人你拉我拽，全部爬上了树根，眼界一下子开阔了——远处的村庄和公路一目了然，近处的麦田和果园一览无余。"欲穷千里目，更上一层楼。"正当我们极目远眺时，来了几个乡亲，他们热心地为我们照了许多合影，提醒我们最佳的照相位置在树身的背面。可不是，临沟这一面的树枝上挂满了红色的祈福带——过年时，当地村民自发祭拜神树的习俗沿袭了千年。我们沿着树身上天然凸起的台阶爬上去，一手扶住树股，一手使劲挥动，目光越过千沟万壑，感觉自己就像个威风凛凛的大将军。

乡亲们说这棵豹榆树是周太王亲手所植。不会吧！周太王古公亶父，是周文王姬昌的祖父，生活在商武乙时代，那可是公元前1147至1113年。照这么说，这棵豹榆树的年纪可就不止是1700岁，而是3000多岁了。我们有点怀疑。乡亲们憨厚一笑，说老先人就是这么说的，一辈一辈就这么传了下来。

榆树浑身是宝，结的榆钱又香又甜，可以做成美味佳肴，还可以治病救人，深受古人崇拜。榆树是吉祥的树，榆钱与"余钱"谐音，有福寿绵延、连年有余的美好寓意。豹榆树是榆树中的珍奇树种，叶子较小，光合作用差，生长十分缓慢。豹榆树也叫榔榆树、榔树。据统计，类似的豹榆树，全国只有四棵，被誉为林木中的活化石。与我们永寿豹榆树年龄相仿的是铜川耀州区金元村古豹榆树。安康市宁陕县江口回族镇南梦溪古榔树，树龄3000年。湖北十堰市房县古榔树，最为古老，树龄3600多年。奇怪的是，家乡的豹榆树孤零零地矗立在天地间，周围并没有其他榆树，而铜川耀州区金元村古豹榆树，由根上生发出了一片榔榆树林，按照乡亲们的解释就是树分公母——咱永寿的豹榆树是棵公树。

榔榆之称，始见于唐代医学家陈藏器所著的《本草拾遗》。明代李时珍《本草纲目》里把榔榆叫"郎榆"。原因是普通榆树春季开花结果，榔榆深秋才开花结果。古时好男儿多"大器晚成"，所以给这种榆树起名"郎榆"。榔榆是第二纪冰川后原始森林遗留下来的珍稀树种，史书上最早叫"櫄树"。2000多年前的《左传》记载有"王（楚武王）遂行，卒于樠树之下。"讲的是公元前 690 年春季，楚武王要出兵攻打别国，出发前沐浴斋戒，预感到自己将要死在行军途中，心神动荡不安，与夫人话别的故事。

唐代孔颖达在《五经正义》里有："木有似榆者，俗呼楲榆。盖为樠也。"字典上说樠是古书上说的一种树，木材像松木。我突然想起一件很有意思的事。我们永寿县北部古属豳国，是周朝经营发展之地，一些古代方言沿用至今。在永寿的很多乡村，夸奖一个孩子很听话很懂事，常说"这娃樠很"，外地人听不懂，理解成了骂人的话"这娃野蛮很"。"mán"字怎么写，我多年不得其解。如此看来，应为樠树的樠。

周太王古公亶父是一位勤政爱民的首领，注重农事，善于团结周围其他部族，深得人心。后期，为了躲避戎狄的侵袭，迁徙到岐山周原一带。南迁时，古公亶父恋恋不舍，建造了望乡台，还在马莲河边的山坡上发表了慷慨悲壮的演讲。古人崇拜神灵，在离开故土之前，古公亶父依照惯例，会占卜吉凶，会去寺庙举行告别仪式。种下一棵楲榆树，作为纪念，也在情理之中。

照此推理，眼前这株 1700 多年的豹榆树，很有可能是周太王手植豹榆树的子孙后代，是历史风云的见证者。

1700 年前，大约是公元 320 年，是中国历史上最为动荡的东晋十六国时期。

"树犹如此，人何以堪"，故乡的豹榆树生于乱世，从她身上的累累伤痕可以看出她饱经风霜。当时政权更迭，战争频仍，长期的封建割据和连绵不绝的战争，害得老百姓生不如死、流离失所，中原大地简直成了人间地狱。

豹榆树的身世扑朔迷离。据说她最初生长在云寂寺内，躲在不为人知的角落，默默无闻地长大成材。云寂寺是皇家寺院，殿宇嵯峨，金碧辉煌。传说香火鼎盛时期，寺院占地达百余亩，僧人千计。南北山门相距甚远，早晚由一僧人骑快马关启。寺院山门高耸，钟楼、鼓楼对峙而立，晨钟暮鼓响彻天宇。

云寂寺院屡遭兵燹，早已不复存在。昔年的佛门净地成了寻常阡陌，豹榆树裸露在荒野之中，无人庇护，尘世的风雨磨砺了她的筋骨，千年的坚守成就了她的神奇。

无论从哪个角度欣赏这棵千年古树，树形都是那么优美动人，枝杈都是那么

错落有致，让人忍不住赞叹造化的伟大神奇。那一身随着季节而变色的豹纹衣裳，那一头浓密富有光泽的秀发，那随风摇摆的修长手臂，那仪态万千的曼妙身姿，经过了 1700 年的风吹日晒，越发美得摄人心魄。这种美，历久弥新，穿越时光，扑面而来，让我想起了与豹榆树同时代的一位传奇人物——前秦才女苏蕙。

我们永寿是古代丝绸之路的重要驿站，前秦的苏蕙陪伴夫君窦滔镇守秦州，必然途经永寿。云寂寺那浑厚的钟声，响彻方圆百里，自然传到了苏蕙的耳中。

苏蕙，字若兰，魏晋三大才女之一，回文诗与织锦术之集大成者，传世之作为一方五色丝线织就的诗帕，其上织有 840 字的回文诗。诗帕被誉为《璇玑图》，精妙绝伦，女皇武则天称苏蕙"才情之妙，超古迈今"。

苏蕙是陈留县令苏道质（苏武第七代后人）的三姑娘，十六岁时嫁与扶风窦滔。新婚燕尔，窦滔从军，因忤上被苻坚发配流沙。在苏蕙等人的斡旋下，苻坚赦免窦滔，令其镇守襄阳。苏蕙满以为夫妻即可团聚，哪知窦滔早已纳赵阳台为妾。苏蕙痛不欲生，拒往襄阳，呕心沥血，织成《璇玑图》诗帕，命人送至窦滔手中。窦滔幡然悔悟，立即将赵阳台遣返关中，并具车仪迎苏蕙至襄阳。谁知世事难料，淝水之战爆发，前秦顷刻间土崩瓦解。世道大乱，百姓四处逃命，苏蕙夫妻二人失之交臂。

名门望族的才女苏蕙尚且如此命运多舛，普通百姓的遭际更是苦不堪言。"宁为太平犬，莫作乱世人。"一句俗语写尽了乱世中百姓的苦痛。

李修文在《山河袈裟》中说："所谓宿命，并非只有躲闪和顺受，它也有可能是抵抗和奔涌。"人遇到灾祸可以躲避逃离，而树不能。"人挪活，树挪死。"愈高大、愈古老的树愈不能挪动。树没有依靠与指望，也没有奴颜媚骨，活下去的智慧很简单——尽力把根扎进深深的泥土里，尽力把枝叶伸向高高的天空。

在中国的乡村，几乎每个村口都会矗立着一棵大树，这大树是村庄的名片，是家园的标志，是天地间的圣哲。大树与村庄融为一体，就像乡亲们和土地生死相依，密不可分。

无论世事如何变迁，豹榆树都守护在村庄旁，就像一个心里装满了秘密，却守口如瓶，一脸悲悯的佛陀。

站成永恒

午后的阳光在树叶上微笑，那两棵站立在周公庙前的槐树依然年轻美好，一如我们十年前的初次相遇。

你们是最忠诚的卫士，虔诚地守护着周原百姓心目中的圣人——周公。看见你们的第一眼，我的心莫名地欢喜。一次偶然的机会得知 L 老师年年都要来这里为你们写生，我们便成了高山流水遇知音的忘年交。

相比较我的肤浅，L 老师是深刻的，他理解你们，你们在他的国画作品《古槐》中获得了重生；评委欣赏你们，他们从成千上万的画作中选中了你们；观众的眼睛是雪亮的，尽管他们大多数不会画画，但他们也懂得一棵树中蕴含的古老和神秘。最终，《古槐》在美展上斩获大奖，这对一个一辈子埋头作画者来说无疑是最好的安慰。三年前，L 老师已经驾鹤西归，从此，世上少了一个爱画成痴的苦行僧，天堂多了一个追逐梦想的自由人，不知你们可曾在云端相见？

风在林间漫步，优雅从容，很适合遐想和怀念。我的心不悲不喜，逝者的灵魂如果有知，他们也一定会喜欢生者在这里以特有的方式缅怀他们。

时隔十年，我以文字的名义故地重游，这个背靠"凤鸣岐山"的凤鸣岗，三面环山，唯南边与平地相连，形似簸箕状如倒凹字，古称卷阿的地方依然有些苍凉。《诗经》中描述此地为"有卷者阿，飘风自南"。今日细细端详，果真如此。

更为巧合的是，我们碰见了一位来此避暑度夏的著名编辑，先生已近古稀之年，然笑容里透着纯真，话语中带着谦和，就连皱纹里也藏着喜悦，让人倍感亲切。我老了，如果也像先生这样一脸佛相，那将是一件多么浪漫的事。

6000 多年前，先民们在卷阿傍山临泉而居。一代一代的子孙繁衍生息，一茬一茬的树木荣枯交替，一朵一朵的流云掠过天际。时光就这样悄然流转到了2700 多年前，商朝在昏庸残暴的殷纣王统治下分崩离析，文王之子周武王姬发灭商后建立西周。"飞来五色鸟，自名为凤凰，千秋不一见，见者国祚昌。"凤凰是姬姓周族崇拜的神鸟，因此，古《卷阿》的凤凰山至今不改其名。

如今，这片古老神奇的土地，吐故纳新，万物生生不息，欣欣向荣。我想问问千年的松柏万年的槐：你们还记得有位叫姬旦的青年王子吗？他是周文王的儿子，武王的弟弟，成王的叔父，人称周公。他辅佐武王伐纣灭商，建立周朝，是周王朝的开国勋臣。武王死后，成王即位，少不更事，他力排众议，忍受来自各方面的阻力，全心全意辅佐成王。

古老的甘棠树，你是幸运的。你目睹了周公坐在你的绿荫下秉公断案的身影。现在，全国建有多处"甘棠遗爱"的景点，我相信那绝对不是攀龙附凤，那是黎民百姓呼唤勤政爱民，体恤下情，公正执法的父母官再多一些的心声。

"千年柏、万年松，老槐一睡几百春。"这株枯槐复生，是长眠后自然苏醒的，还是被百鸟朝凤的太平景象唤醒的，我不得而知，但我感受到了它焕发出的勃勃生机和倔强向上的力量。也许，这株古槐是周公在一个重大节日里亲手所植，冥冥之中领受了神的旨意，吸取了日月的精华，生长得郁郁葱葱，直待当年的英俊王子长须飘飘，解甲归田时，终日相伴。周公晚年归隐于此，潜心制礼作乐，使得天下大治，万民归心。这块《诗经》所云"凤凰明矣，于彼高冈"的圣地，既成就了一位杰出的政治家，又当仁不让地戴上了中华礼乐文明发源地的桂冠。

古树卧桑，你还记得周公制订礼乐，建立朝纲制度，为巩固新兴的周王朝日夜操劳的样子吗？何尊里神秘的文字，"周公吐哺，天下归心"的诗句，孔子因为年老而梦不见周公的叹息，被风带到了四面八方，一直为后人津津乐道。

"凤随天风下，暮息梧桐枝。"五彩的凤凰被人们供奉在山巅上，装饰在衣物上，雕刻在器具上。而你们这些漫山遍野的绿色精灵身上一定栖息着一个高贵的灵魂，一颗慈悲的心。你们点化每一个在神像佛龛前顶礼膜拜的受难者，让他们打开心结，接纳万物，燃起新的希望。看着红男绿女们来时，行色匆匆，归去，一步一莲花，你们露出了佛陀般的微笑。

周公百年之后，后人在此建祠祭祀，周公庙由此而始。"山不在高，有仙则名。水不在深，有龙则灵。"据说早在西周建庙初期，这里便是旅游胜地。每年三月的庙会一到，各地的善男信女摩肩接踵而至。庙中那口深约一米的大铁锅印证了昔日的热闹。而周公的遗风，周礼的余韵，历经千百年依然被推崇。韩愈、苏轼等文人墨客都曾来此游历观光，凭古抒怀。迄今为止，周公庙遗址共出土西周甲骨 1 万多片，其中可辨识的文字近 2600 个。而中国其他地区西周遗址发现的甲骨文片，全部加起来不足 1100 个。

人是没有开悟的佛，佛是开悟的圣人。人以类聚，物以群分，那么意气相投的佛是否也喜欢扎堆在一起呢？答案是肯定的。你看北庵玄武洞中那尊唐代石雕"玄武玉像"（俗称玉石爷），造型丰满，威武庄严，山石与雕像浑然一体，巧夺天工，有抚摸可治百病之说。每天慕名而来的朝拜者排队恭候，据说相当灵验。姜嫄娘娘郊媒殿前的龙爪槐，树龄高达 530 多年，状若身怀六甲的孕妇。可据考证，此树竟然生长在上面有三合土封闭、下面全是砖块瓦砾的崖边，能存活本身就是一个奇迹。你不得不叹服，这棵非同一般的龙爪槐不正是我们祖先历经天灾人祸，依然不屈不挠，顽强地求生存、谋发展的精神象征吗？

你们的根向着黑暗的深处探索，枝叶却迎着阳光起舞，把周人先祖厚德载物的故事代代传唱。有人说周公庙大成殿前有周公的后人，后有召公等周人先祖，活脱脱一幅和谐美满的全家福。我们的祖先真是无比智慧，这种建筑布局暗合周文化敬天、厚德、尚和、重礼，以笃行感召人去拼搏，去实现理想的价值体系。孔子曰："悠悠万事，唯此为大，克己复礼。"这"礼"，就是周礼。孔子对周朝笃行仁义、诚信礼让、仁政德治、民风淳朴十分敬仰，他充满感情地说："郁郁乎文哉！吾从周。"在圣人的教化之下，周文化早已深深植入了华夏儿女的心中。这种美好的愿景与今人提倡的和谐社会，社会主义核心价值观，科学发展观一脉相承，有异曲同工之妙。

"周原膴膴，堇荼如饴"，赞美的是周原田地肥美，河湖密布，即便是种植的苦菜，吃起来也像糖一般甘甜。这爱屋及乌的说法，自与周地民风淳朴，百姓安居乐业有关，虽然有自夸之嫌，但令人心生暖意。

时光可以模糊容颜，世事反复无常，多少是非恩怨湮灭在了历史的大潮中，但有些东西如大浪淘沙，历久弥新。千年的古树呀，你们是最沉默的倾听者，你们把无数的秘密埋藏在心底，等待时间做出最公正的裁决。你们守护着周原人心目中的圣人，恪守着周人的行为准则和生活规矩，使人知礼守节，与人为善，和睦相处，尊敬长辈，克制不良情绪，精神振作，情志和悦。

"百年树人，十年树木"，我们至今保持着周人在孩子出生、重大节日、亲人逝去时植树的习俗，我们播种的不仅仅是幼苗，更多的是希望。放眼看去，周原大地上哪个村庄没有一棵古老的参天大树呢？有的，全都有的。有人的地方就有树，因为我们的记忆太短，我们需要把祖先不老的灵魂安放在绿色之上，那里连接着远古与现代，记载着历史的兴衰成败，铭刻着普通百姓的喜怒哀乐。

　　我在周公庙徜徉，注视着每一棵古老的树木，怀念起"周公一沐三捉发、一饭三吐哺"礼贤下士的高尚品质，追忆着周人开创的良好社会风气……同样，当我们走进每一处村落，我们也忍不住怀念德高望重的族长、村老，他们如同陈忠实先生在《白鹿原》中所描写的白嘉轩一样，记载着民族的秘史，恪守着做人的良心，维护着先人的尊严……

　　"如果有来生，我要做一棵树，站成永恒，没有悲欢的姿势。一半在土里安详，一半在风里飞扬，一半洒落阴凉，一半沐浴阳光，非常沉默非常骄傲，从不依靠从不寻找。"三毛是豁达与自由的。渺小如我，不求永恒，只渴盼长成一棵幸福的小树，站立在千年古刹，佛门净地，芸芸众生安放灵魂的神殿旁，与智者对话，听圣人教诲，观云卷云舒。

核桃树，秋千架

我的窗外有两棵核桃树，相距二三米，碗口粗细，好像一对孪生姐妹。

这是堂姐的树。堂姐与我的父母年龄相仿。她在我这般大小的时候，从野外移栽了这两棵核桃树。

每天，我一睁开眼便看见她们，她们永远比我勤快——早早地醒来，见了我就招手问好。

我想我已经长大了。父亲蹲在核桃树上为我绑秋千，很粗的麻绳，吊着一块木板，我坐上去，晃晃悠悠，被父亲轻轻送上了天空，快乐得晕了头，仿佛把蜜罐子摇醒了，无数的泡泡跑了出来，追逐跳跃，在阳光下五彩斑斓，美丽耀眼。一切似乎都变得五光十色，就像我喜欢父亲为我做秋千架的心情。父亲难得回趟家，却花了半天时间为我做一架小小的秋千，这令伙伴们很嫉妒。我小小的心里盛满珍惜，我常常坐在摇摇晃晃的秋千上，独自傻笑。

我的秋千架很宝贝，我的秋千架隐在院子的深处。我已经不要别人送我就能荡得很高很高，我甚至敢站着荡秋千，我很得意，我快要高过屋顶，我全然不顾奶奶在一旁担心地大喊大叫。

成熟的核桃从枝头跌落，绿色的壳儿摔成两瓣，滚出来青黄色的核桃。奶奶砸开了核桃壳，我撕掉薄薄的外衣，白白的桃仁又香又油，让人吃了还想吃，奶奶说核桃虽好但食重吃多了不好消化，便用她的宽大的衣襟兜起一堆核桃，挨家挨户地送人。

院子里安静极了，掉根针也会听见。秋千架孤零零地悬在核桃树下，几只鸡忘乎所以，挤挤挨挨站满了一秋千。那只棕红色的芦花鸡也位居其中，我便不忍心驱赶它们。母亲说芦花鸡下的蛋归我，其余的她要攒起来卖钱换油盐。

"收鸡蛋咦，卖洋火哎。"一听这有腔有调的叫卖声，准是收鸡蛋的老人来了。我忙不迭地向母亲报信，母亲却说前日不是刚收过嘛，等攒上两天再卖。母亲即便不卖鸡蛋，她也会带我去看收鸡蛋。

婶婶们围着收鸡蛋的老人问长问短，末了，总要问一句老人上大学的女子啥时候毕业。老人咧嘴大笑说："等我啥时候老得干不动了，就把娃供完了。"老人的自行车后座上架着两只大筐，每只筐里都有多半筐鸡蛋。自行车前头的篮篮里装满了针头线脑，婶婶们卖完鸡蛋又要添置零碎，便开始讨价还价，有的干脆以物易物，交易得愉快而热闹。

收完了我们巷道的鸡蛋，老人轻巧地翻身上车，骑着那辆破旧的咯吱乱响的自行车继续走街串巷。那背影就像我的芦花鸡刚刚下了蛋，张开翅膀满院子转圈，还喜气洋洋咕咕地叫个不停。

芦花鸡一叫，奶奶便唤我赶紧捡起鸡蛋，趁热焐焐一捂眼睛，这样眼睛一直会又明又亮。当然，过一会儿，我就有一碗金灿灿的蒸鸡蛋羹可以享用了。我坐在秋千架上等待着这一时刻快点到来。

涝池·大槐树·石碾

昨夜下了一场大雨，村口涝池里的水满得直往外溢。母亲照例要我去给弟弟洗尿布。

洗尿布不是什么难事，难的是从村子西头到东头这一里多路上，有50多户人家，他们全都是一些好心的奶奶、爷爷、婶婶、姨姨，他们会无一例外地对我表示同情。那种同情好像是看着一个千金小姐沦落成了小保姆，非常强烈，连我这个二年级的小学生都明显感觉到了其中的刺探与好奇。

如果和这些人一路打招呼，估计我端着这一盆子尿布要走一个多小时才能到涝池边。所以我选择了舍近求远——从村子后边的打麦场走，这样可以绕过街道直达涝池边。但是今天，我很不幸！因为是收麦子前夕，几个村民正在推着碌碡碾压打麦场。村子里的牲口已经绝迹，这样的重体力活全靠人力，十分费劲。我眼看着大人撅着屁股，费力地推着碌碡，一点一点地把打麦场碾压瓷实，心里很是不安。我很识趣地踮起脚，从打麦场边小心翼翼地跃过，尽量不留下一丝痕迹。但是，还是留下了一点点脚印，我如果能像仙女一样飘过去该有多好。正当我暗自纠结的时候，一声"你长眼着没有"的怒吼在我头顶炸起。

我连那人都没有看一眼，便端着盆子，转身逃回了家。积聚已久的眼泪，如决堤的洪水，喷涌而出。母亲说她从来没有见我那样伤心地哭过。我号啕大哭，哭得上气不接下气，仿佛受了天大的委屈。母亲吓坏了，一再追问，我却泣不成声，说不出话来。等到我哭够了，母亲才弄明白了事情的原委。她怒不可遏，出门去打麦场找那人算账。我向来不会惹是生非，母亲也从来没有这样失态过。

很快母亲就回来了，笑着说："人家就说了你一句，你咋就这么大的气性。"我本来已经止住哭声，一听这话又开始哇哇直哭。"他骂我走路不长眼。我明明已经贴着边上走了，难道还要让人把脚扛在肩膀上走路不成？"哭累了，我嘟嘟囔囔着为自己辩解。母亲哭笑不得。

母亲以从未有过的耐心劝解着我。其实，我很有人缘，上学的时候，从来没有和同学吵过架，也没有受过老师的批评，母亲也从来没有像今天这样，冲出门去为我讨回公道。母亲说我哭得太委屈。她想不通才上小学二年级的我，怎么会有那么多的委屈？

谁能理解我的委屈呢？也许大人不会想那么多。因为在这一年里，我们家发生了太多的变故。先是春天，奶奶去世，爷爷变得痴痴呆呆，紧接着弟弟就出生了，母亲一个人忙得脚不挨地，父亲常年在外工作根本顾不上家，大家可以想象我们家有多么忙乱。从前被捧在掌心的我，不仅没有了人照管，而且还要像村里其他孩子一样学着洗碗涮锅、烧火扫地、清洗尿布……

弟弟一出生，我在家中的地位自然一落千丈。从来没有帮家人做过任何事情的我，一下子要做这么多事，我的内心开始失衡。天天都要扫地、擦桌子、洗碗筷，我不像个小仆人，又像什么呢？一天，村里一个和我有着共同遭遇的女孩子离家出走了，偷偷地钻在干涸的渠道里睡了一晚，村子里的人四处寻找也没有找见，母亲这才似乎意识到了我的委屈。也许，她根本没时间去想这些，因为她太忙了，除了照顾弟弟和我以外，她还有一大堆地里的活。

母亲接来了外婆。外婆缠过脚，脚都没有我的巴掌大。外婆好老啊！张开没牙的嘴巴一笑，脸上就像盛开了一朵菊花。不过，外婆脾气好，就像我的奶奶一样疼着我。从我记事起，外婆似乎就那么老了，但这不妨碍我喜欢她。外婆在家里照看弟弟，母亲带着我去涝池边洗衣服，我们走村子里的大路，母亲大声地和大家打招呼，一里多的路转眼就走完了。母亲洗我们的大衣服，我洗弟弟的小尿布。同样是洗尿布，跟着母亲来洗，心里却有一种说不出的欢喜。最起码，那些洗衣服的婶婶姨姨，不会再以异样的目光打量我。放牛回家的爷爷，在涝池边饮牛时，也不会再吓唬我说水里边有水怪，小心一把把我抓下水去了。

别的同学弟弟妹妹虽然多，但都已经长大了。唯有我的弟弟这么小，我要陪着他玩耍，给他洗衣服洗尿布。以前我会抱怨，但从那以后，我像变了一个人一样。母亲说我一下子懂事了。我常常一个人走大路去涝池边洗尿布，遇到有人问话，三言两语便打发了人家。清清凉凉的涝池边，长着一棵大槐树，夏天到了，槐树像一把巨大的绿伞遮盖了大半个涝池。涝池边自然成了人们纳凉的根据地。

人们端着饭碗，围坐在涝池边上，边吃边说家长里短。我尽量避开饭时，但是，不管什么时候总有一些人在涝池边乘凉、洗衣。我开始学会沉默，悄悄地来，静静地洗，不像有的孩子边洗边玩，互相撩水，衣服没洗完，身上已经湿得像落了水。更可恶的是那些男孩子趁大人稍不注意，就下到水里钻猛子，一下子把水底的污泥扑腾上来，水变浑了，得澄净半天才能洗衣服。这种事情，一旦被他们的家长知道了，免不了要来训斥半天。要知道，涝池水深，曾经淹死过一个知青，还有水怪，专门拉不听话的小孩子下水。

我忘了说槐树下还有一盘石碾。原来我们村东头也有一盘石碾，后来却被人卖掉了。村西头的人强悍，他们硬是不让卖，这盘石碾才得以保留了下来。我们要碾辣椒面，碾嫩玉米吃，就必须到这边来。每次来都是一举两得。先去洗衣服，洗完再碾东西。相比较洗尿布，我更喜欢帮母亲推石碾。因为那不是我一个人干，我喜欢有大人陪着，那是一种踏实的感觉。经常有同学朋友看见了，主动帮着我推。路过的婶婶姨姨会停下来和我们说话，或者给我们搭把手。一会儿过来说话的人就会越来越多，话题也从碾东西转到了某一家的媳妇婆婆身上去了。母亲和人说话时，笑容满面，但手底下却不会停下来。

每当这时候，我就觉得大槐树下真热闹。其实大槐树底下最热闹的时候是放电影。那时候演电影没有海报通知，经常会有人误传晚上放电影，我们写完作业，早早地带上凳子去占地方。常常是大家围坐了半天，也不见有人挂白银幕，才知道受了骗。但是下一回，一听说有电影，我们一个比一个跑得快，照样早早地端着凳子去占据最佳位置。即便又白跑了一趟，我们还是乐此不疲。

记得有一次放电影时，母亲陪着我一起来看。电影幕布张起来了，投影灯打开了，有母亲在旁，我的胆子也大起来了，也像别的孩子那样，把手放在放映灯的光线里，做出兔子狗儿的造型来。一会儿，电影开始了，很多孩子跑着去用手摸银幕上的花朵。旁边有人打趣说那花都是真的，让我摘一朵送给母亲。我信以为真，跑过去就摘，结果镜头切换了，花儿不见了，银幕上阳光灿烂，只有我黑乎乎的手还在胡乱张着，惹得旁人哈哈大笑。

如今，大槐树下的涝池早已经填平，村子里家家户户都已经用上了自来水。古老的石磨盘，已经破旧得没法使用，只是一个摆设。就这，也是村里人费了九牛二虎之力才保存下来的。大槐树依旧苍翠，但也差点被卖掉。据说，那年有城里人来收购古槐石碾，古槐那一年居然没有开花，枝叶也不繁茂。不知谁编了一个神奇的故事，大家就开始传言大槐树里住着神仙。从此，一传十，十传百，大家就开始把大槐树当成了树神一样供奉起来。大槐树因祸得福，石碾跟着沾光，都留在了村里。

不过，这也许不是空穴来风。老人们会举出许多例子来证明他们的说法，比如，他们说社会动乱的时候，孔庙、岳飞庙前的古树就枯了。我想起《红楼梦》里，宝玉丢失通灵宝玉时，庭前那株白海棠逆时而开，便心有戚戚焉。每次回到家乡，我都忍不住要去看看涝池、古槐和石碾。涝池已被填平，古槐生机勃勃，石碾破旧不堪，街道上多了许多陌生的面孔，看到这一切，我似乎触摸到了记忆里的老家。

记得奶奶说，树老了，里边就会住着一位树神，保佑一方平安。我真的希望这个传说是真的。

麦黄杏熟了

布谷声中，麦浪泛金，枝头的杏儿黄了。奶奶对我说："麦黄杏熟了，就要开镰割麦了，你爸爸快回来了。"我小小的心里装满了期盼，我天天骑在村口的石马上等公共汽车，我多么希望那扇车门里能走出爸爸来。

天气一热，日头就长了，我坐在秋千架上打盹，差点儿掉下来。猛地灵醒过来，我又坐端了身子。我正在为奶奶站岗，既不能到外面等爸爸，也不能随便跑出去找小朋友玩。

奶奶的房门虚掩着，里边水声哗哗，奶奶正在洗脚。奶奶洗脚是一件秘密的大事，每次我都要替她放哨。奶奶的脚小得可怜，居然长不过我的脚。我从来没有看见过奶奶的脚，奶奶的脚一年四季缠着长长的布条，像个伤员，久治不愈的伤员。但我喜欢奶奶，奶奶笑起来像朵菊花一样好看，奶奶说起话来轻言慢语，奶奶做起事来不慌不忙。奶奶梳着光光的小髻，常年穿着斜襟的老式衣服，扎着紧紧的裤脚，走起路来一摇一晃，怎么也追不上我。

大门咯吱一响，"会会，会会"，传来爸爸叫我的声音，我丢开秋千，飞奔到了爸爸面前。我喜出望外，早把奶奶洗脚的事儿忘到了九霄云外。我拉着爸爸的手，直接推门进去，站到了奶奶面前。奶奶一直在低头洗脚，冷不防见我们闯了进来，一脸慌乱，急忙用双手捂住了脚丫子。就那么一刹那，我还是看见了奶奶的小脚，丑陋畸形，令人不寒而栗。那也叫脚吗？五个脚趾被硬生生地折下去，紧挨着脚后跟，脚面高高拱起，像失败的手术伤口。双脚终年不见天日，泛着病态的虚白。后来，我看见书上写到"三寸金莲"之类的字样，便感到胸口发闷。

奶奶唤我去给爸爸打洗脸水，我乘机走开。爸爸带回来的吃喝，满满当当摆了一柜面，我吃吃这个，捏捏那个，好不快乐。水红和毛虎悄无声息地来了，两个人像两条大馋虫一样黏在门框两边，眼睛直勾勾地盯着我的吃喝，我本能地用身子挡住了他们贪婪的目光。奶奶给他们一人一颗糖，他们依然不挪窝儿。爸爸递给他们饼干，两人脸上露出了一丝笑意，可就是不走。我拿起竹竿，敲打几下杏树，像下了一阵杏儿雨，他们争着捡拾杏儿，直到身上所有的口袋都装得鼓鼓囊囊，才心满意足地走了。我突然想起最要好的朋友莉莉和燕燕，我往口袋里装满了糖果和饼干，准备送给她们，让她们和我一起分享甜蜜快乐。

奶奶张罗着要为爸爸做臊子面，爸爸按住了奶奶，硬塞给了她一些零用钱，奶奶死活不要，末了，拗不过爸爸便收了起来。奶奶撩起衣襟，半天才从怀里摸出一方手帕。打开手帕，里面有一层磨毛了的红纸，再打开那折叠了好多遍的红纸，这才露出了几张花花绿绿的毛票。奶奶的脸笑成了一朵最美的菊花，奶奶仔仔细细地把钱捋平放在一起，然后小心翼翼地放好她的装钱帕帕。我知道这里的钱，或迟或早，都会变成好吃的东西，都会顺着我的喉咙眼儿钻进去。我一直守口如瓶，对此只字不提。

水红和毛虎一人手里举着一根冰棍，在我家门口晃荡，我看见奶奶已经把吃喝收拾进柜子里，便放心地找莉莉和燕燕玩去了。估摸到了吃饭时间，我一蹦一跳地回家。水红和毛虎的冰棍吃得只剩下一点儿芯芯了，两人依然夸张地伸长舌头吸溜吸溜地舔着，似乎要让我眼馋。我目不斜视，快快地回到家中。爸爸故意叫我猜水瓮里有什么，我想也不想就说是冰棍。爸爸一脸惊奇，我却没有一点儿高兴的意思，因为奶奶说我脏腑弱，从来不会让我吃冰棍等冷东西，就算今天爸爸在家，我也没指望能吃上冰棍。奶奶看出来我的不快，把冰棍剥开，放在碗中，端到太阳底下晒，那四下飘摇的寒气，慢慢被热气收尽，冰棍化成半碗糖水，剩下那根小竹棍，像座孤孤零零的独木桥。我拿起小竹棍舔了一口，索然无味，便丢下碗，开开心心地吃臊子面去了。

夜里，我赖在父母的房间里不走，直到双眼皮打架，实在撑不住了，迷迷糊糊中被爸爸抱到了奶奶的炕上。我不会嫌弃奶奶脚小，我像往常一样躺在奶奶的身边，任凭她用粗糙的手摩挲着我的肚子，听她唱着祖辈传唱的歌谣："嗷嗷嗷，睡觉觉，猫来了狗来了，谁家娃娃先睡着？嗷嗷嗷，睡觉觉，我家娃娃睡着了……"一切远去了，模糊了，消失了，疯玩了一天的我，甜甜地睡去。

天气越来越热，大人们开始收麦子了。奶奶在厨房里忙着做消暑的浆水面，我又扛着竹竿在杏树上胡乱敲打了，金黄的杏儿纷纷落地。地上早铺了厚厚一层麦草，杏儿落进麦草里，摔不破却难找了。我光着脚，一一捡拾，不大工夫，便装了小半桶。奶奶用井水把杏儿沁着，等爸爸妈妈从地里回来以后吃，酸酸甜甜，冰冰凉凉，十分解乏。我的芦花鸡不知什么时候跑来了，跟在我的身后，咯咯地欢叫着。

旱柳

我的家乡干旱少雨，柳树并不多见。印象里，我只在村旁的涝池边见过它们的身影。

涝池沿上长着三棵旱柳，棵棵都是一搂粗的树身，六七米高的树干，枝丫粗硬，枝条尽力向上伸展，好像三把倒立的大扫帚。

俗话说：前不栽桑，后不栽柳。家乡人不待见柳树，不仅仅是因为柳与溜谐音，怕家中的财气福气溜走，还与葬礼上孝子们拄柳木棍的特殊习俗有关。

柳树也挺识趣，远远地杵在村庄旁，一副旁观者清的样子。

冬天，涝池结了冰，成了孩子们玩耍的乐园。有人无意中发现柳条发出新苞了，大家便凑到一起来看，这一看似乎嗅到了新年的气息。柳树知春，杜甫在《腊日》里写道："侵陵雪色还萱草，漏泄春光有柳条。"

男孩子胆大，不知道忌讳。早春时节，趁柳叶还未冒尖、枝条却已活泛的那几天，他们爬上柳树，折柳枝做柳笛。折断几根柳枝，用力扭一扭树枝，抽出树骨，余下一段完整的筒状的树皮，裁成几节，便做好了几个柳笛。他们把柳笛分给我们女孩子，我们如获至宝，滴滴地吹个不停。一时间，水波荡漾的涝池边，就全是欢快的柳笛声。

天气一天天热起来，柳树的叶片一下子稠了，男孩子们又开始打柳树的主意。他们趁大人不注意，又爬上了高高的柳树，扯下来一大捆柳枝，一半编成帽圈戴在头顶上，一半编成腰带扎在腰里，别上一把木头枪，跑到沟壕里玩打仗游戏。男孩子们玩得一身灰土，连吃饭也忘记了。天黑时，个个饿得前胸贴后背了才想起回家，到家后免不得要挨母亲的打骂。

爷爷孙子隔辈亲。孙子受了委屈，爷爷心疼，便领着男孩去村口的商店买糖吃。男孩刚才还在淌眼泪，马上又没心没肺地笑起来。

村庄里人见了，常拿男孩子开玩笑："你爷敢不给你买糖，等你爷百年时，你就不给他拄柳木棍。"

葬礼上，拄柳木棍是男孩子的专利，也是一户人家子孙满堂，后继有人，兴旺发达的象征。

家乡人对此很看重。

老人殁了，家里再忙乱，也要安排一两个精壮小伙去砍柳树股，裁成四尺四寸长短的棍子，预示着逝者的好品行会世代相传之意。这么长的柳木棍不好找，后来逐渐演变成不到一米的样子。

妇女们剪好带穗的白纸条，小心翼翼地缠在裁好的柳树棍上，就做成了柳木棍。有的地方叫孝棍、哭丧棒、哀杖等。给柳树棍上缠白纸条时，绝对不能磕破柳树皮，因为这事关后代的兴旺发达，必得心灵手巧放心可靠之人才行。

拄柳木棍据说和孔子有关。相传孔子是个大孝子，一天他在授课时，听说老母亲去世了，当场就哭晕了过去。醒来后，抓了块白麻布当头巾，穿了件白袍当外套，回到家就扑在母亲的灵前号啕大哭。到送葬的时候，孔子已经哭得直不起腰了，乡亲们搀扶不起，就急中生智给他找了根柳树棍当拐杖。从此之后，孝子拄柳木棍的习惯就慢慢流传开了。

柳木棍还来自一个传说。从前，有个老婆婆的两个儿子外出做生意，好几年音讯全无，家里的日子一天比一天艰难。大儿媳妇温柔敦厚，对婆婆很孝顺。小儿媳妇好吃懒做，想着法子要害死婆婆。一天，大儿媳妇做好饭给婆婆先盛了一碗，小儿媳妇偷偷给碗里下了毒，大儿媳妇不知情把饭端给了婆婆，婆婆吃了几口就难受起来。小儿媳妇闻讯赶来责骂嫂嫂，大儿媳妇有冤无处诉，急得要跳井。幸亏邻居赶来劝住了大儿媳妇。婆婆临死前说："人心隔肚皮。你们妯娌俩在我坟头各插一枝柳树棍，谁插的柳树棍死了，就是谁害死了我。"后来，大儿媳妇插的柳树活了，人们都说柳树有灵性能辨善恶。

"故园肠断处，日夜柳条新。"亲人离世，孝子哀伤过度，行走困难，设杖以扶持，是彰显孝道的标志，也是挽留亲人的心意。

在我们家乡，出殡前一夜，客人都要来做最后告别，但不能直接进村。客人一到村口，守在路口的孩子们便飞奔回去报信，孝子们远远地前去迎接。唢呐声中，大大小小披麻戴孝的孝子们排成一行，弯腰拄着柳木棍，边哭边走。宾主相见，孝子们恭敬地将柳木棍举过头顶，行三跪九拜的见面礼，然后尾随客人身后，一路哭回灵前。客人上香时，再行三跪九拜的答谢礼。

如果来客中有结了婚的女人，烧纸上香之后常常会扶灵痛哭。她们边哭边诉说逝者的种种好处，哀婉动人，闻者无不潸然泪下。孝子们更是触景生情，长跪不起，哭得分不清鼻涕眼泪，好在他们手里拄着柳木棍，仿佛抓住了某种依靠，才不至于哭晕过去。大悲伤心，为防孝子孝女们悲伤过度出现意外，灵堂前常有专人搀扶劝慰他们。

男儿膝下有黄金，只跪天地和爹娘。在家乡人眼里，唯如此，方能体现出孝子们对逝者和亲友的敬重；唯如此，方能体现出晚辈对逝者的孝顺和怀念。

常言道："女靠娘家，男靠舅舅。"如果礼数不周，或是生前对逝者不孝，娘家或舅家的亲友会在葬礼上发难，让主家下不了台。反之，德高望重的亲友则会给孝顺的儿子和媳妇披红戴花，表彰他们对逝者生前的悉心照料，表彰他们给后辈儿孙做出了表率和榜样。同时，也是鼓励村子里其他人尊老孝老，让良好的家风代代相传，让家家和睦幸福，人人快乐平安。

葬礼完毕，孝子贤孙们拄过的柳木棍都要插在坟头，陪伴逝者，寄托哀思。

旱柳身上承载了太多生离死别的哀伤，使人睹物伤怀，难怪乡亲们对它敬而远之。

近几年，随着人口的增加，生活条件的改善，村里的涝池几乎派不上用场了。不知不觉间，涝池被填平了，划成了宅基地。没有人会让家门口长柳树，那几棵高大的旱柳被城里人买走了。

据说，它们被移栽到了一个新建的旅游景点。

起初，村里人并没有觉察到失去了什么。直到有一天，有人去世之后，家里人在方圆几十里都找不到柳树做柳木棍，村里人这才着急起来。尤其是老年人，他们不知道从哪里得知山上某处有几棵旱柳，便叮嘱子孙他要是去世了就赶紧去山里砍柳树。

路远，得开车，在山沟沟里，不好找，得提前去踩点。老人们反复叮咛着，儿孙们口里答应着，心里却在嘀咕：都什么年代了，穷讲究真多！

能不能用别的木头代替柳木呢？年轻人引经据典说史书记载："孝子之杖曰

哀杖，为扶哀痛之躯。父之节在外，故杖取乎竹；母之节在内，故杖取乎桐。"但是，村里的老年人犟得像头牛，他们固执地认为只有柳树才能当孝棍。即便柳树再不好找，也得想方设法去寻。

于是乎，旱柳在家乡绝迹多年后，家乡的葬礼习俗依然不变，孝子们拄的依然是柳木棍。能不能把繁琐的丧葬礼仪简化一下呢？年轻人们暗地里商量了很多回，可是谁也没有勇气在父母面前提起。

我不见旱柳久矣。一日看到方济众的名画《三边塞上风光》有一排红柳，郁郁葱葱，大扫帚状的外形与家乡的旱柳极为相似，忍不住多看了几眼。方济众师从赵望云，是长安画派的代表性画家之一。长安画派一向以"一手伸向传统，一手伸向生活"为艺术宗旨，这幅《三边塞上风光》是他晚年成熟期的代表作，传达出了田园诗、边塞诗咏唱山川自然的艺术感受。

方济众以为："敢于与传统决裂的人，应该是对传统最有研究、最有认识、最有批判能力的人。"

绘画如此，生活中的许多事亦如此。我从这句话无端地联想到了家乡的父老乡亲和旱柳。老一辈的竭力维护传统，实则是希望孝道一代一代传承下去；而年轻一代，则希望一切从简，又不想背上不孝之名。

家乡的旱柳太沉重，书画作品见到的不多。国画中，古人灞桥折柳，洒泪送别时，作陪的都是婀娜多姿的垂柳。

今年回家，我惊喜地发现村旁的公路边多了新栽的垂柳，以及养护柳树的标志牌。我不由得想起在新疆见过的"左公柳"，还有民间流传的左宗棠杀驴护柳的故事。

旱柳像性格倔强、头发竖立的须眉男儿；而垂柳则如美丽温柔、临水照花的婉约女子。尽管此柳非彼柳，如果精心照管，假以时日，垂柳照样可以派上同样的用场。想到这里，我眼前不禁出现了一幅"碧玉妆成一树高，万条垂下绿丝绦"的美丽画面。

相信乡亲们沐浴着杨柳春风，笑容也会越来越甜蜜！

麦换西瓜

"麦换西瓜了，西瓜换麦了。西瓜甜来西瓜香，他姨他叔赶紧尝。"暑假里，巷道里天天有人开着车叫卖西瓜。母亲总是不急不缓地纳着鞋底，好像什么也没有听见。眼看着换西瓜的车已经过了五六趟，我生怕这是最后一趟，便挨在母亲身边，摇她的胳膊。舀两碗渣麦去。母亲发话了，我飞快地舀好了麦子。

毛虎和水红早已围了车边。他们的父亲正在挑拣西瓜，他们的母亲则抓了一把渣麦在一旁评头论足。我们老家人讲究拿麦换西瓜而不是用钱买西瓜。而且这换西瓜的麦子绝对不能用打麦场上收回来的好麦子，要么用小孩拾回来的渣麦，要么用晒完粮食的麦底子，否则就有敬嘴、贪吃、败家之嫌。

那时候到了三夏大忙和收秋时，乡下的学校各放一周忙假，每个乡镇的时间不一，根据天气情况而定。收麦假大概在六一儿童节之后。拾渣麦是小孩眼里的一桩大事，父母对此很重视。三夏大忙，龙口夺食。大人在前面挥舞着镰刀汗流浃背地割麦，小孩子提着竹笼在后边捡拾麦穗，一会儿跑到东家地里，一会儿跑到西家地里，小脸儿晒得黑红黑红，美其名曰颗粒归仓。

拾麦穗要穿布鞋。我有一次穿了凉鞋，新割的麦茬尖锐如刀，把我的脚腕划了好几道血印子。父母叫我回去换鞋，我忍着疼不换。因为那天天气很热，麦穗一碰就掉，父母割麦子时不停地说"麦熟一晌，蚕老一时。老辈人把话都说完了，咱以后一定要赶早不赶晚。"麦穗遍地，我不一会儿就能拾一笼。不知道跑了多少趟，最后居然装了满满了一架子车箱的麦穗。

天黑了，大人们收工时免不了要互相打问谁家孩子拾的麦穗多。那天，我当然又是第一名。父母看见我脚腕上的血道道，不准我再去拾麦穗。回到家，我洗脸时不小心打湿了脚，脚腕一下子火烧火燎地疼起来，我不好告诉父母，撒点面面土在上面，竟然不疼了。第二天，我又活蹦乱跳地下地了。

孩子们拾回来的麦穗一般不能在打麦场碾晒，要专门晾晒在屋檐下。忙罢后，母亲会把麦穗像择菜一样一个一个择净，晒干，再放在石板上用棒槌敲打，最后用筛子过净，用簸箕扬尘去皮，装在蛇皮袋子里给孩子换零嘴吃。

渣麦良莠不齐。换西瓜的等人越聚越多了，让大家把渣麦都倒在一起，分出等级来，再折价换西瓜。毛虎和水红的母亲还在嘟嘟囔囔，争着说自家的渣麦干净。我已经和母亲抱了两个最大的西瓜回家了。

回到家，母亲并不急着杀西瓜，而是放在水缸里镇一会儿，这样的西瓜又沙又甜格外可口。

长大后，我再也没有吃到那么香甜的西瓜了。又是一年夏收时节，收割机从地里开过，大地像剃了光头，洒落在地的麦秆被造纸厂拉走，脱掉外衣的麦粒已装进袋子。母亲想去拾麦穗，无奈麦茬太高，扎得人手脚无处安放。旋耕机开来了，一切转眼之间深埋在地下。

夏收猝不及防地结束了！

夜风送来槐花香

入夜，乘公交车回家。刚一下车，一股清甜之气扑鼻而来。槐花，是槐花开了！我一眼就瞅见三棵洋槐树，站在路边的冬青后面，显得卓尔不群。

走近点，再近点，借着路灯的微光，细细打量，满树一嘟噜一嘟噜的槐花，闪耀着玉石般柔美的光泽，像一盏盏壁灯，隐约而幽静。香气愈发浓郁，我忍不住深吸了几口。一瞬间，我仿佛置身槐香的世界，不，应该是故乡漫山遍野的槐树林中。此香，彼香，分辨不清。在此之前，我一直固执地以为，唯有故乡的槐花才配叫槐花。而今夜，我站立在城市的街头，却分明嗅到了故乡的槐花香。

故乡永寿地处偏远，气温回升较慢，每到四月底五月初，县城附近的四十万亩槐花才开始绽放。其时，恰逢五一假期黄金周，槐花节盛大启幕，全国各地的游客相聚槐林，赏景采花，品槐花蜜，观赏古塔，眺望页梁峡谷，游览古县城，敲打战鼓，玩得不亦乐乎。老家离县城远，但家家户户房前屋后都植有洋槐树，花开时节，香气冲天。槐树高大多刺，难以攀爬，不易采摘，需要全家齐上阵。老家人把采槐花叫捋槐花，捋槐花时，男人们拿着长长的挠钩，钩住低处的槐枝，女人和孩子们顺着叶脉轻轻地一串一串地捋，这样捋下来的槐花干净，也不会折断树枝。槐花开的那几天，家家都会蒸槐花麦饭，晾晒槐花。以前，槐花麦饭是人们度过饥馑荒年的主要饭食。如今生活条件好了，心灵手巧的媳妇们，变着花样吃槐花，大家也就学着样儿用槐花烙菜盒子、包饺子、炖肉了。

后来，村里有人在坡边种了十几亩矮化槐树。树只有两米多高，花却比传统的老品种繁、香。每到花开的时节，村庄好像泡在了蜜罐里，无论男女老少都争相去坡边捋槐花。哪怕不捋槐花，闻闻香气也会让人高兴几天。槐花花期只有十来天，含苞待放的花骨朵最好，开过的香气散尽，食之无味。有一年，五一节快结束了，花期已过，我才回到了老家。母亲催着我们去坡边捋槐花，我不抱什么希望，没想到背阴处还有几树槐花含苞欲放，似乎是专门为我而留。那次的槐花麦饭，格外香甜，令我终生难忘。

夜色滤去了城市的喧嚣，也隐没了四周林立的高楼大厦，世界一下子变得很安静，静得只有几棵开花的洋槐树在风中窃窃私语；世界一下子变得很渺小，小得只有一个忙碌的女人突然为一树繁花驻足片刻。路灯下空无一人，任由槐花的香气弥漫到一米，两米，三米之外。我身在花香最浓处，被纯粹的香气包围起来，鼻翼翕动，整个世界瞬间香甜如蜜。

贪婪地深呼吸，想要这清甜之气充溢我的肺腑，想要这清甜之气把我融化掉，想要这清甜之气带我回到故乡。那一刻，我喜悦而安详——我确信我在城市的街头闻到了故乡的气息。我曾经在想念母亲做的臊子面时，穿越城市的大街小巷，寻找最正宗的家乡风味；我曾经陪着在外地工作的亲友，按图索骥去网红店品尝记忆中的味道，结果每一次都是失望而归。每每如此，我便确信人生就是这样充满缺憾——离开故乡，在外打拼，得到的同时也就必须舍弃一些东西。

一位朋友说他压力太大的时候，整夜整夜睡不着觉，只好驱车二三百里，回到故乡的老屋踏踏实实睡一觉，第二天满血复活，再杀回城市继续打拼。故乡的清风朗月是治疗失眠的良药，他的秘方屡试不爽。如今，他事业发展顺利，一双儿女乖巧可爱，他的失眠早已不治而愈。多年后，父母相继离世，他才从众人口中得知那些年他回老家睡安稳觉时，父母整宿整宿都不敢合眼，生怕他有什么闪失。好男儿志在千里。父母希望儿女不要忘记根本，但更希望儿女在外万事顺遂，站稳脚跟，随遇而安。此心安处即吾乡。朋友感叹着，为自己当年的鲁莽之举而自责。

"无论海角与天涯，大抵心安即是家。"白居易的诗通俗地表达了一种处世哲学。其实，今世之人，能够一辈子不离开家乡的少之又少。谁没有在外独自求学的寂寞呢？谁没有在陌生街头踽踽独行的无助呢？谁没有在异乡茕茕孑立，举目无亲的悲凉呢？好在住久了，时间会治愈一切。他乡也就有了故乡的气息。你看，满街的美食，来自天南海北，它们要想在城市里存在，就得既保持住故乡风味，又要考虑当地居民的喜好。人也一样，必得经历一番痛苦的蜕变才能逐渐适应。故而，人们常把工作久了的城市叫作第二故乡。

我一直以为，自己是城市的外人，而今夜的清风送来槐花香，让我站在城市里闻见了故乡的味道。我心生欢喜，因为城市终于成了我的故乡！

曾祖父与土匪

仁先生赶着驴车刚一拐进村口，围在大槐树下的众人便像看见了救星一般，飞奔过来大呼小叫："不得了了，保长的奶干儿叫土匪给绑了……"

"保长来了，让路让路……仁先生呀！你回来得正好！你可得救老夫一命！你识文断字，快看看土匪这信上写的啥？"平日里耀武扬威的保长和他的小老婆哭倒在了我的曾祖父——仁先生的脚下。

救人一命，胜造七级浮屠。我的曾祖父来不及回家看上曾祖母一面，也想不到放下褡裢——那里边是他教了一年私塾的束脩，更没有考虑到卸下自家驴车，让保长给他派辆上档次的马车就上路了。

我的曾祖父当年一定是把自己幻想成了舌战群儒的诸葛亮，或者是临危受命的钦差大臣。他大义凛然地接过了土匪的书信，在全村老少爷们惊恐万状的目光中，昂头挺胸地驾起毛驴车奔向土匪窝。

闻讯赶来的曾祖母，对着一缕若有若无的尘土，哭晕在地。"土匪窝，就不是人去的地方……""仁先生，是啥人，是戏文里面的张良……"反应过来的村民们窃窃私语着。

这一夜，我的曾祖母带着四个子女蜷缩在土炕上，瑟瑟发抖。保长家厚实的松木炮楼门关得死死的，看家护院的大黄狗叫了一夜，手持猎枪的家丁们吓得大气不敢出一声……黎明时分，我的曾祖母被一阵猛烈的敲门声惊醒，她凭着本能推开四个子女，暗叫一声："土匪来了，快逃命。"四个孩子眨眼间不见了踪影，我的曾祖母抓起一把炉灰，胡乱涂抹在脸上，像活鬼在世一样，准备去开头门。

"哐啷"一声，两扇薄桐木板凑合而成的头门，仿佛弱不禁风的秀才被虎背熊腰的壮汉一拳击倒——四分五裂，碎成一地。随之应声倒下的，还有我那浑身如筛糠般乱颤的曾祖母。

土匪牵走了一头牛、两只羊、一口猪……土匪洗劫后的家，就像一场洪水冲刷过的河滩——一无所有。当然，除了饥饿的曾祖母和四个嗷嗷待哺的孩子以外。

仁先生绝对想不到，自己和土匪头子推杯换盏时，保长先天不足的儿子，在牛棚里已经气息奄奄。工于心计的保长绝对不会为一具僵冷的尸体，支付一文赎金。土匪岂能善罢甘休，为了息事宁人，曾祖父只好舍小家保大家。

"还好，土匪没有为难仁先生，没有祸害村里其他人，也没有扔下一把火赶尽杀绝……"善良的村民，阿Q般地自我安慰着。

乱世之中，百姓如蝼蚁般苟且偷生。像这样的抢劫案，在赤县神州的每一个无名村庄随时都有可能发生，即便是血流成河，也不会有父母官过问一句。

多年之后，当我背上书包，走进校门，父亲指着校园里的一块石碑郑重告诉我：你曾祖父的故事就刻在这面石碑上。你一定要好好读书，你曾祖父可看着你呢。我似懂非懂地点了点头。

渐渐地，我从师长们的赞叹声中，知道了我的曾祖父——晚清秀才仁先生，是辛亥革命后开风气之先者，是家乡兴教办学第一人，是名噪一时的梁树乔老师。

历史长河中的拉纤者

时间走到了 21 世纪，我已经参加工作多年，我的父辈们大都已经退休，安享晚年。二伯父却提出要为去世二十多年的爷爷奶奶立碑。

按照家乡的习俗，一般是有一定影响和地位的人才给立碑。我家祖辈只有曾祖父立了碑。我的爷爷奶奶，一个是面朝黄土背朝天的农民，一个是一辈子围着锅台转的小脚老太。两个普普通通大字不识一斗的农民，要为他们立碑，似乎有点勉强。二伯父却坚持一定要在新中国成立的周年之际为爷爷奶奶立碑，并特意嘱咐父亲一定要写好碑文，让后世子孙莫忘先辈所受的苦难，好好珍惜今天这来之不易的幸福生活。

我一直搞不懂爷爷作为大名鼎鼎的仁先生的儿子，怎么能不识字呢？每次问起父亲，父亲总是感慨地说："日子难过呀！旧社会里能上学的农家子弟简直是凤毛麟角。你曾祖父也不是偏心，只是日子实在太艰难了，家里只能供得起一个孩子读书。你爷爷生性忠厚，从未进过一天学堂，一辈子务农。"

自己没有上过学，说什么也要让孩子们上几天学。这简直成了爷爷奶奶的心病。到了父亲"彦"字辈，爷爷奶奶省吃俭用，历尽艰辛硬是让四个儿子全部进了几年学堂，这在当时是非常了不起的事情。为了供养四个儿子上学，爷爷奶奶遭的罪常人难以想象，受的苦三天三夜也说不完……穷人家的孩子早当家，艰难的生活，促使大伯父、二伯父先后走上了革命道路。

我的两个姑姑不仅没上过一天学，而且因病无钱医治早早夭折。所以，爷爷奶奶格外疼爱我。爷爷奶奶去世时，我刚刚上小学，他们一再叮嘱父母日子再难过也要供我上学。为此，父亲特意为我更名为"新会"，表明新社会里，男女平等，女娃和男娃一样能读书识字。我当时懵懂无知，对此并不知情，后来，经常有人对我的名字很好奇，我才知道父亲为我改名的深意。

父亲出生于 1946 年，基本上算是共和国的同龄人，也是爷爷奶奶最小的儿子，比大伯父小二十多岁，大伯母过门后，父亲才出生（这在今天像个笑话，在过去却司空见惯）。那时候刚解放，家里还是很穷。父亲到了十岁才开始上学，学校离家远，每天要走很远的路。每年春秋两料庄稼青黄不接时，奶奶就用南瓜干、野菜或是新摘的玉米连着芯芯磨成片，放在锅里烤一烤让大家充饥。就是这样的干粮，每顿也只能吃一个，且不能保证每顿都有。父亲并不介意这些，只要有学上，吃什么苦他都愿意。可是中学毕业后，父亲求学无门，只好进了工厂。我上学以后，成绩出类拔萃，父亲便把他未尽的心愿寄托在了我的身上，对我要求非常严格。我们"新"字辈不负众望，12个孩子有8个考上了大中专院校，在方圆百里传为美谈。爷爷奶奶若地下有知，一定会含笑九泉。

父亲常对我说："你赶上了好时光，可一定要好好把握。旧社会女娃几乎就不可能上学，长到六七岁就开始帮大人做饭洗衣，再大一点儿就要缠脚，要不然就嫁不出去。你奶奶，一个走路都不太稳当的小脚女人，用石磨磨一次面要忙上半天，累得双脚疼得下不了地，磨出的面也只够全家人吃三五天。哪像现在有了电动磨面机，一按电钮就磨出一大堆面……可惜呀！老人们受了一辈子的苦，却没享上一天福！要是他们知道改革开放三十年后，社会能变得这么好——种地不用纳粮，上学不交学费，看病还有新合疗，该有多好呀！"父亲每说到伤心处，情不自禁泪水涟涟。我听后百感交集，想起自己上学时一直梦想着当作家，如今却碌碌无为，心情久久难以平静。

父亲与伯父们每天电话不断，立碑的事情进展很快，连碑文也酝酿好了。父亲在碑文中写道：双亲终生以农为业，耕耘不辍、纺织不倦，和亿万旧时中国农民一样吃苦耐劳、勤俭持家，是历史长河中的拉纤者，也是苦难生活的推动者。在人生的洪流中，他们逆水行舟，含辛茹苦仍希冀灿烂未来；穷且益坚，忍辱负重亦不忘奋发图强。落木萧萧下，长江滚滚来。看弹指一挥间，六十年巨变天翻地覆；感千百万年来，亿万民大同梦想成真。轸念逝者，汲取智慧的力量；感召生者，秉承先辈的遗愿。在你们足迹的指引下，子孙后代们将走得更好更远……

我们多么相像

曾几何时，我以为我们是两个世界的人。

当你在厨房里洗切斩剁时，我在书桌前流光溢彩；当你忙完家里忙地里时，我安然地往返于家和学校之间；当你准备把引以为傲的缝纫手艺传授给我时，父亲断然喝道："娃将来买着穿，谁还稀罕手工缝制的衣服。"那时候的我们，是多么的不同。

慢慢地，当你在春天里带我去坡头挖苜蓿、挖小蒜时，在夏天里带我去河边洗衣服、吃桃子时，在秋天里带我去果园摘苹果、打酸枣时，我发现我们都是那么爱笑，那么快乐，那么容易满足。我开始怀疑我们真的是两个世界的人吗？

当你见了孤寡老人或可怜人总要淌眼泪，当你做了好吃的总让我端给东邻西舍，当你见到血流成河的电视画面吓得捂住眼睛不敢看，当你照顾爷爷奶奶二三十年从未红过脸时，我知道你是那么宽厚，那么善良。

我渐渐地长大了，发现我们原来有那么多相像之处。一如你爱美，我也爱美。过去你以打扮我为荣，为我的一件新衣、一双新鞋费尽心思，甚至于连买来的衣服你也要锦上添花，刺两只蝴蝶、绣几朵小花。如今，是我以孝敬你为己任，每每看见大方得体的衣服便不由自主地给你买下来。记得有一次过年，你居然收到了伯伯、姨妈、弟弟和我送的四件新衣，你乐得合不拢嘴。再听你讲你当年臭美的光辉事迹，我能想象出来那个在家乡第一个穿凉鞋的你，年轻阳光得像路边的野菊花一样淳美。

我成家了。你每次来，总把我丈夫夸得像一朵花，口口声声说我丈夫脾气好又勤快，说我丈夫做的饭好吃把我养得水色了。去年夏天，我丈夫送你去坐火车，车站不卖站票，我丈夫一路上求爷爷告奶奶硬是把你送到了车上。你念念不忘，逢人便讲此事，亲友们说："女好不如女婿好，你就好好地享享娃的福吧！"我有了儿子阳阳后，你满眼担心，老是念叨着说："你还是个娃，这大娃怎么带小娃呀！"阳阳刚出生那会儿，一哭一闹，我们便吓得慌了神，你当天就来到医院为我们照顾阳阳，手把手地教我给阳阳穿衣、喂奶。我们轻轻松松地当了父母，你整个人却瘦了一大圈。

原以为我爱我的阳阳，我为他写了几大本成长日记，却没有想到，你把我从小到大的故事全装在心里。那天吃烩菜时，阳阳冷不丁冒出了一句："菜海茫茫，到哪里去寻找一片我欣赏的肉呢？"你开心之余，问我还记得麦客的事不？我怎么能忘记那个夏天的中午呢？

那是个三夏大忙的时节，吃过午饭，大人们都下地割麦去了，巷道里静悄悄的，我和一岁的弟弟在家睡午觉。突然，一个高大魁梧的麦客推门进来了，说是你们雇他割麦，先让他吃饱了再去地里干活。他风卷残云般地将厨房里的吃食洗劫一空，然后在我们目瞪口呆中离开。晚上，父母回家了，身后空无一人。我老老实实地向你们坦白了一切，静候着暴风雨的降临。没想到母亲却说："那也是个可怜人，可能是饿极了就撒了一个谎。要真是个瞎人，就把你两个拐走了，叫妈到哪儿哭去呀！"你当时就去爷像前上香磕头，口中念念有词。

后来，当我读到《论语·乡党》"厩焚。子退朝，曰：'伤人乎？'不问马。"马棚烧了，孔子退朝回来，问道："伤人了吗？"没有问马。你是不会读到这样的文字的，可你当年那句话却与圣人一样通达，你当年说话的样子，让我想起便觉得温暖。你从那以后存了一份心思，常常说："你个瓜娃，心实得很，看你以后咋处呀！"这样说了，你又自己给自己宽心说："老话说得对，傻人有傻福，看相的婆婆都说你命好。"我听了笑话你替古人担心。你却一本正经地说："人的命，天注定，人有时候就得信命。"我再笑话你，你便念一声佛。

我丈夫经常自嘲说："寻媳妇先看丈母娘，你妈那么能干咋养了个笨女子，还让我千挑万选地给娶来了，想退货都过了保质期了。"我还击他："上辈子你肯定欠我的了，这辈子就给我做牛做马吧。"我的皮肤天生敏感，稍不注意便会过敏。回到老家，夏天怕蚊子咬，我躲进蚊帐里，不敢在灯下走。冬天怕天气冷，我坐在热炕上不挪窝，你把热饭递到我手里。临走时，你压好面，烙好饼，捆好菜，把车的后备箱塞得实腾腾的才住了手。来了我这里，你手脚不停，不是洗衣做饭，就是拆被褥带阳阳玩。

一次，听朋友讲起她母亲每次来厂，她都会如临大敌。因为她母亲会检查衣柜里的衣服是否整齐，搞得她紧张兮兮。我不信，然后便自觉地在你来之前大扫除，但你来了还是照样能找出活儿干。

你惯我，我惯阳阳。我带他去原上散步挖野菜，去果园看桃花买土鸡蛋，去爬山抓鱼戏水……光阴闲淡，突然间你说你老了，一柜子衣服穿不完，叮嘱我以后别给你买新衣服，把钱留着给阳阳上学。我给你改买保健品，你又说五谷养人，甭乱花钱，少在外面吃饭，有空儿自己就在家做饭吃。周末，我们在家包饺子，我丈夫和面剁馅，阳阳擀皮，我专门负责包饺子。我包好的饺子，馅多皮薄，胖乎乎，圆鼓鼓，整整齐齐，一溜两行地排在笸子上，像幼儿园做操的小娃娃一样可爱。阳阳说他长大了想吃饺子了就回来看我们，我包饺子的心劲儿越来越大。我想你了，我给你说，我想吃你做的臊子面了。，

肉突突地煮着

　　案板上堆放着白花花的肉，这是父亲养的那头大肥猪的精华部分——后臀肉。老公正拿着菜刀和肉块搏斗，翻来覆去却不知如何下手才能将这个庞然大物化整为零。我忙着打电话联系朋友，阳阳负责把分装好的肉送给叔叔阿姨。

　　年初，父亲打算用纯粮喂养一口猪，到年底杀猪吃肉，热热闹闹过个年。亲友们闻讯，纷纷表示：今年过年不收礼，收礼只收土猪肉。父亲没有食言，腊月二十六，他冒着严寒给亲友们送去了地地道道的土猪肉。

　　大块大块的肉堆放在案板上，让厨房充满了富足温馨的气氛。我找出家里最大号的锅，准备煮肉。一番手忙脚乱之后，肉总算煮进了锅里，我们终于可以歇口气了。老公开车陪父亲走了一天亲戚，回到家又忙了一阵，已经疲惫不堪了，父亲便劝他早点休息。

　　肉在锅里突突地煮着，发出欢快的叫声，我撇出汤上的浮沫。阳阳问："土猪肉咋没味道？"我想想也是，肉煮了一阵子了，怎么就没有母亲煮肉时满院飘香的味道呢？父亲提醒我，放大料了没？我恍然大悟，急忙找来一块纱布，把调料见样抓一些，包起来放进锅中。不一会儿，肉香味飘散出来，阳阳皱着鼻子贪婪地闻香气，赶也赶不走。父亲说："你小时候，你妈过年煮肉时，你也赖在厨房里不走。"阳阳听了，朝着我很得意地坏笑。

　　肉在锅里突突地煮着，父亲看了看表，叮嘱我改用小火再煮两小时，用筷子一插能插透时就煮好了。于他，我这个笨手笨脚的女儿永远要他操心。我想这一定是昨夜母亲给他暗度金针，他现学现用，我不想点破他，照做就好。我和父亲拉家常，听他讲养猪杀猪的苦与乐。父亲突然说到他有一天去县城办事，被我的几位老师和同学认出，极其热情地接待了他。看着父亲开心的样子，我想起了一句外国谚语：当孩子小时，父亲拉着孩子的手，两心欢喜；当父亲老去，孩子拉着父亲的手，感慨满怀。父亲上了年纪，孩子都不在他身边，像这样跑跑腿的事儿，他也要亲力亲为。父亲却想得开，他把出门办事当成散心游逛，走亲访友；把干干农活看作强身健体，岔岔心慌。父亲如此宽厚，令我颇感安慰。

肉突突地煮着，满室生香。我和父亲开玩笑说："当年我上中学住校，每天啃干馍馍喝白开水，三天才能回趟家吃顿热饭。你一休假，就骑自行车来学校给我送午饭，我那些同学一个个像饿狼城里放出来的野人，一人一筷子，三两下就把一盆子干面夹光了，他们当然忘不了你。"阳阳听了认为不可思议。父亲便对阳阳讲："过去的小孩真的就那样辛苦。你妈像你这么大时，已经能帮外婆干活了，常常抱着舅舅自己躲在阴凉处，把舅舅晒在太阳底下，晒睡着了，就玩去了，玩到肚子饿了才回家。"阳阳听后笑得东倒西歪。

父亲的话勾起了我的回忆。我上小学二年级那年的春天，极其疼爱我的奶奶去世了，爷爷变得痴痴呆呆，紧接着夏天弟弟出生，家里的生活一下子乱了套。母亲一个人忙里忙外，父亲休息时回家才能给母亲搭把手，弟弟成了招人喜爱的宝贝疙瘩，根本没人顾得上照管我。有一天中午，我踩在凳子上学着洗碗，一不小心，打碎了高高一摞子碗，吓得撒腿就跑，下午放了学也不敢回家。母亲找到了我，我不停地哭，母亲安慰我说："不要怕，你爸说过再忙再累也不要打娃。"更糟的是到了秋天，我玩耍时不小心割伤了脚，无法行走，一个学期都待在家里不能上学。父亲每次回家，不仅为我买很多课外书让我解闷，而且还背着我去学校请老师补课。现在回想当年，我依然有些伤感。如今，我和老公带阳阳一个孩子有时候都不堪忍受，几乎崩溃。将心比心，父母照顾老老少少的一大家子，不知道吃了多少苦受了多少罪才熬过来。父母为我付出了那么多心血，而我没孝敬他们几回，却常常让父母操心不已，想来真是惭愧得紧呀！

肉突突地煮着，快要熟了。父亲给阳阳讲故事的声音，把我拉回了现实。那是个老掉牙的笑话：从前，有一户穷人，从来没有吃过肉。有一年过年好不容易称了半斤肉，一家人欢天喜地开始煮肉，却不知道肉怎样才算熟了，一家人围坐在锅边眼睁睁地看着一锅肉煮化了，落锅了，不见了。阳阳一听很着急，忙催我去看肉还在不在锅里。

肉突突地煮着，我揭开锅盖，浓郁的香气源源不断地往外冒。我深深吸一口这美妙的肉香，通体舒坦。这，就是过年的滋味。

母亲的厨房

母亲是个细发人，厨房里的很多东西比我们的年龄都要大。那口爷爷手里传下来的大老瓮，如今依然蓄满清水，滋润着每一个寻常的日子。

暑假里，我和弟弟拖家带口一起回乡探望母亲，平时空荡荡的家一下子人气爆棚。天热人多，做饭就成了最繁重的家务劳动。母亲每天起床的第一件事情就是扫院子烧煎水，别小看这些活儿，母亲干了一辈子，依然像新娘子一样郑重其事。

"早起三光，迟起三慌"，开头门扫院子比的是勤快，所以必须是巷道里的头一个；烧煎水灌电壶是做早饭的序曲，可以慢悠悠地来。水烧开了，母亲额头上蒙了一层细汗，她像往常一样用热热的水洗干净手脸，喝杯热水，这才询问我们想要吃什么早饭。

都什么年代了，还用麦草烧锅。厨房里的电磁灶、电饭煲、电饼铛、高压锅都是摆设。"奶奶，城里为了防治雾霾，不让烧木炭和柴火。""是么？邻村都不让人冬天烧热炕了。""咱老陕过日子就图个老婆孩子热炕头。"我们说了，母亲不以为然，孩子的话似乎说中了母亲的心思。"用电褥子也一样，奶奶你慢慢就习惯了。""瓜娃，电多金贵，这柴火不花钱。"母亲分辩道。"奶奶是个老财迷。"孩子的话惹得大家都笑了。

我在发电厂工作。母亲见了现代化发电厂的高烟囱、胖水塔、高大的炉本体，本能里觉得电是神圣光明之物，所以发挥一贯会过日子的节俭作风，节约用电，随手关灯，人走灯灭，甚至经常黑着灯在家看电视。电厂的职工大都上倒班，黑白颠倒，她每回到了厂里干什么都轻手轻脚，生怕吵着了人。有一年，厂里出了生产事故，尖锐刺耳的排气声响了半夜，母亲吓得不敢睡觉。第二天，听说有人被电弧烧伤，母亲不停地叮嘱我们电老虎伤人呢，干啥都要操心。回到家，母亲说娃们发电不容易，干脆把家里的灯泡都换成了瓦数小的。

厨房面南向阳，中午的阳光端端地照在厨房里，莫说擀面、炒菜，就是洗个菜人都一身汗。母亲却对厨房里的一切很满意。比起以前老屋的旧厨房，这厨房宽敞豁亮，四壁和灶台上都是雪白的瓷片，案板是把院子那棵老杏树解了板请木匠做的，擀面杖是奶奶手里置的，样样家什都用惯了，顺手得很。母亲忆苦思甜完便要生火炒菜，我嫌热要用电磁灶，母亲说大铁锅炒菜做饭香，家里那么多苹果树枝、麦秆、玉米秆不烧干啥。"卖给造纸厂好了。""我烧惯了，爱闻柴草的味儿。"母亲的话让我哑然失笑。这理由委实无可挑剔！

柴草味儿，我人生中的第一个梦想就是母亲用柴草熏出来的。记得小时候中午一放学，我就往家里狂奔。因为我要帮母亲烧火做饭。母亲在地里干活很累，做饭时夏天一头一身的汗，冬天冷得手上裂满了血口子。那时候我就想什么时候能发明一种营养丸，可以免去母亲一日三餐烧锅燎灶之苦，或者发明一种冬暖夏凉的房子，让母亲不再受酷暑寒冬之罪。父亲说城里的房子冬天有暖气，夏天有空调，我只要好好学习，考上了学就可以到城里去过好日子。自此以后，我发奋努力，终于考上了学校，跳出了农门。

母亲为此很自豪！我琢磨着这也是我做的唯一一件让父母很开心的事。成家后，我把父母接到城里，他们住不惯城里的楼房，他们离不开耕耘一生的土地，他们舍不得朝夕相伴的街坊四邻。尤其是母亲到了城里怎么也做不出家乡饭菜的香味儿，她想念家乡的厨房、菜地、凉风，几乎相思成疾。

父亲故去后，母亲依然坚持住在乡下，我每次回乡探望母亲，心中便有一种无力感。母亲的腰身日渐佝偻，却依然在终日劳作，我从小发誓要让父母过好日子的话似乎打了水漂。母亲似乎没有察觉到我的担心，她在厨房里忙忙碌碌，还一个劲儿地劝我们在家多住些日子，她要把我们小时候爱吃的饭菜全部做一遍。

炒了几个菜，母亲见我满脸是汗，便不准我烧火。她用电磁灶炒了剩下的几个菜。用上了现代化的东西，饭菜很快就做好了。吃饭时，母亲说起我小时候烧火时经常用烧火棍在地面上写字的趣事，孩子们都觉得不可思议。我又一次脸发烧了，仿佛大家说的不是我。

傍晚，家家户户都坐在门前乘凉。太阳能路灯发出柔和的光线，与天上的明月交相辉映。邻居的随身听里秦腔戏唱得热闹。门前的柿子树在夜色中随风摇曳，颇有点撩人的风姿。母亲端出来刚炸好的油饼让众人尝鲜。二姨打趣母亲本事大的，不要人烧火，母女俩就能把油饼炸了。母亲说："有电磁灶就能省个人，我擀娃炸，快当得很。"二姨开玩笑说："你总算舍得用电磁灶了，你把国家每月给你发的养老金攒着干啥呀。"母亲说："你不怕福把人烧了？现在这日子太好了，天天顿顿白米面吃着，咱给娃能省一点是一点。咱是受过苦的人，你忘了咱原来推着石磨磨一天粮食，都没有电磨子转一圈儿磨的面粉多。发电不容易，娃没黑没明地上倒班，这电要用到该用处。比如医院到了动手术的交紧处，病人等着救命呢，没电咋行。"

"农村老太太操的国务院总理的心。你这觉悟高。"

"等我这老胳膊老腿不能动弹了，也跟城里人一样，一按电钮就把饭做熟了。"

"说了半天，还是心疼你娃，快叫你娃给你家安几个太阳能发电板，你用电就像割自留地里的韭菜一样方便。"

"真的么？"

"骗你干啥，人家这叫家庭发电，说不准过几年就流行起来了……"

月亮升高了，一股股凉风从巷道口吹过来，油饼的爨香味越飘越远。

父亲的姿态

母亲节那天，我给父亲发了个短信："爸，今天是母亲节，祝妈节日快乐！你打算让她怎么过？"父亲的回复让我乐了："昨天怎么过，今天还怎么过。"我又发："那你今天做饭干家务，让妈休息一天。"未见回信。不久，我回家后说起此事，母亲说："你爸说我不做饭他就上街去吃，还不是我一天三顿伺候他？长个嘴呀，一天到晚光会抽烟。"父亲在一旁撇撇嘴，不屑地说："男人嘛！就是这样！"

父亲就是这样一个嗜烟如命的人，他喜欢靠在躺椅或枕头上，手里夹支烟，跷着二郎腿，一边吞云吐雾，一边海阔天空。他最爱讲的是一个工程师的故事。说是一家公司进口了一台机器，投产后公司效益大涨。谁知好景不长，机器出了故障，工人们费了九牛二虎之力也没找出毛病在哪里。当时正值生产高峰期，公司领导急得如同热锅上的蚂蚁团团转，四处找人来修，也找不出原因。后来，终于请来了位高明的工程师。工程师围着机器摸摸听听，整整一天一夜后，他拿出一支粉笔在机器上画了一道线，然后索要10000美元酬金。众人不解，工程师说："划这一道线值1美元，知道在哪里划值9999美元。"在他的指点下，工人们果然修好了机器。瞧！人家有技术就是牛！每每说到这里，父亲总是一脸敬佩之情，并用满是期望的目光望着我们晚辈，害得我心里压力蛮大。

上学期间，我有一次给家里写了一封信，写得比较凌乱，内容也很苍白空洞。父亲看后很不满意，当即就回信批评了我。等到放假回家，父亲把我叫到跟前，他自己靠在床边的枕头上，气呼呼地开始说教。什么小小年纪光知道贪玩，不顺水往下溜才怪呢；什么写封信都写不好，连小学生都比不上呀等等。我站在那儿，恨不得找个地缝钻进去。父亲说了很多，也很激动，连烟也忘了抽，烟灰有一寸多长，也忘了掸掉。幸好母亲及时叫我帮她干活，我才得以脱身。从此以后，我写任何文章，都有感而发，谨慎行文。这种态度让我受益颇多，想来还真得感谢父亲那次对我毫不留情的批评。

前年，村上翻修了寺庙，请父亲写一篇碑文以示纪念。父亲欣然提笔，以"先有圣寿院，后有监军镇"起势，忆古抚今，赞太平盛世万民安居乐业；钩沉野史，叹政治清明百姓勤劳善良。洋洋洒洒，一挥而就，众人争相传阅，称赞不已。如今，这篇神来之作早已被刻石立于庙前供人观赏。我们看一次夸他一次宝刀不老，文采斐然。他便又说起他当年上学那会儿，出板报时，他出口成章，同学抄写，身后观者如云的光辉岁月。母亲一般在一边干家务，从不参与父亲的高谈阔论，这次却冷不丁冒了一句："说你胖你还喘上了。你把这些个陈芝麻烂谷子的事儿，烧上炖上，汪汤汪水地说了个没遍数，把娃耳朵都听得起茧了。"我仗着自己已经升级为妈妈了，底气足了些，便对父亲说："就是，你说的那些话我都能背下来了。"

父亲嘿嘿一笑，不疾不徐坐在躺椅上，先把自己靠好，舒舒服服地点上烟，然后又开讲那些老掉牙的故事了……

家乡臊子面

人常说："一方水土养一方人。"其实，一方水土，还滋养出一方美食。譬如我的故乡永寿，因为地处关中西部，土地肥沃，盛产小麦，因而，家乡还出了一种美食——臊子面。

我们家乡人爱吃臊子面，逢年过节，婚丧嫁娶，自然少不了吃一顿臊子面。故而，家乡人夸媳妇锅灶手艺好，就说她做的臊子面馦香馦香的，隔着三条街都能闻到。臊子面汤多面少，一碗汤里只有一筷头面，只吃面不喝汤。外地人头一次吃臊子面准会闹笑话。我先生第一次拜访未来的岳父岳母就闹了个笑话。新客上门，我母亲自然是以臊子面招待新女婿。他是渭北人，吃惯了炒菜面，从来没吃过地道的臊子面，看见满满一桌的臊子面，发愁吃不完剩下了咋办。在亲友们的劝说下，他试着端起了碗，看着碗里红、黄、绿、黑四色的漂汤色彩艳丽，心里高兴，再一吃面，那个酸酸香香的味儿，可是平生未曾尝过的美味，便放开肚皮准备大吃一顿。谁知一筷子下去，面就捞光了，他想着光吃面不喝汤恐怕不礼貌，就完全把我的友情提示忘在了脑后，吃一碗面喝一碗汤，惹得周围人哈哈大笑。

我们永寿人好客，家里来了客人，主妇热情招待好茶水后，必然会说"等一下，面就要下到锅里了"。这面是自家磨的面，手工擀好的面，这面又薄又光又筋道，搭上擀面杖擀得又细又长，下到锅里莲花转，挑到筷子上不断线，浇上煎火的臊子汤，吃到嘴里那个酸辣香，拿个皇帝都不换。村里谁家来了客人，不用声张，一条街的人都能知道——客人来了，一吃臊子面全巷道都能闻见香味。有些馋嘴的小娃娃闻香而来，吃过自家饭了，还要硬撑着吃上主家几碗臊子面才离开。要是谁家客人没吃饭就走，村人则说，面都没有吃，怎能走嘛！走不成么，叫人笑话呢！

确实，我们永寿人厚道，过事走亲戚待客必须吃两顿饭，头一顿雷打不动是吃臊子面。特别是红白喜事，人们一个比一个勤快，早上四点多，天不明呢，面就下到锅里了，有人专门挨家挨户地叫人起来吃面。这大厨做的臊子面用的是机器压的细面,与家常味的不同之处在汤上。这满满一大锅汤是以新鲜肉汤打底,漂汤底菜刀工一流,调料样数齐全,醋味出头,不放油泼辣子,一碗煎汤里只有一筷头细面,上面漂着切碎的鸡蛋饼、黄花菜、葱花、木耳,煞是诱人。端起碗来,香气扑鼻,口舌生津,还没有吃馋虫就已经上来了。一口一碗,一口气吃十来碗轻轻松松,有些大小伙子可以吃上百碗。

我弟弟上小学三四年级时,有一次亲戚家孩子结婚,他一口气吃了很多碗,回来直说人家的面咋就那么好吃?我父亲当时就说吃面吃缘分呢,弟弟回想了一下,好像当时是和几个大学生坐在一个桌子上,父亲说弟弟将来一定能上大学。我们一听这话就乐了。因为父亲接下来必然会讲他吃臊子面的故事。那个家里挂着一副羊头骨的老姑婆,黑衣白发小脚,一个人住在窑洞里,却把窑洞收拾得干干净净像个雪洞。父亲像弟弟那么大时,随着奶奶去姑婆家走亲戚,第一次看到羊头骨吓得缩在大人怀里不敢睁眼,直到一碗香喷喷的臊子面端上桌来,窑洞里弥漫着一股奇异的香味,父亲才敢重新打量四周的一切。等到一碗面下肚,父亲便像饿狼似的,一碗接一碗地吃面,比个大人吃得都快都多。姑婆说这娃将来有出息。父亲背过奶奶,经常说他再也没有吃过这么好吃的臊子面了。这话当然无处考证,因为姑婆早就作古了。但有一点可以肯定,父亲读书很好,离开了家乡,在外谋得了差事。弟弟后来果然考上了大学。

家乡的臊子面是有来历的。至今,我们新年第一天的早晨家家都吃臊子面。每次吃臊子面,不管是逢年过节,还是平常日子,第一碗先要端到门前撒一些以祭奠先人和土地爷、仓神、灶神等,然后家人才能享用。这和周朝时尸祭制度的"竣余"礼仪、唐代吃"长寿面"的风俗习惯有关,也与周人杀死恶龙,和面食之的传说有关。据说古时渭河有一恶龙为祸,大旱三年,民不聊生。周氏族人不忍离开经过数代开拓出的家园,奋起反击,大战七日才将恶龙杀死,饥饿的人们为庆祝胜利,将龙杀了和面食之,觉得鲜美无比,于是便用猪肉代替龙肉和面集体食之,后来扩展至其他节日和祭祀,这臊子面就一代一代传承下来。如今,我们家乡的老人互相开玩笑的时候还说:"啥时候吃你的面呀!"一些年老体弱的人也经常会说:"老天爷叫我呢,吃了这么多年的面该走了!娃呀,我走了,把乡党招待好,叫人好好吃一顿面。"这面当然是臊子面。

二舅

　　迎面走来一个面容清瘦、目光敏锐的老人，恍惚中以为是二舅。其实，我和二舅阴阳永隔，已十余载了。

　　想起最后一次见二舅的情景，仿佛就在昨天。那年春节，父母一再嘱咐我们回城后要赶紧去看二舅。我和先生不敢怠慢，当即带上母亲蒸好的花馍、父亲新碾的玉米糁子去了二舅家。

　　几个月不见，二舅瘦得失了形，只有那双目光敏锐深邃的眼睛，还像往日一样灵动。妗子见了我们，张罗着要给我们做饭。二舅说："你先坐下和娃说说话，一会儿再做饭。"妗子说："你舅现在成了月月娃，一天要吃七八顿，一顿只喝半碗稀糊糊。"妗子说的是实情。二舅去年做过一个大手术，身子虚弱得像新生儿，一个冬天都没有下过楼。我说："不用做饭，我们说说话就走。"二舅、妗子佯装生气，非要留下我们吃午饭，我们只得从命。

　　二舅和妗子感情很好。妗子原是个没念过书的睁眼瞎，二舅在银行工作，每天下了班，就教妗子读书、识字、打算盘，一时间在十里八乡传为佳话。几年后，二舅在单位旁边开了一个商店，妗子把算盘打得噼里啪啦，把账本写得清清楚楚，加之卖货时面善心软又能说会道，生意格外兴隆。甚至有人专门慕名来看妗子打算盘。

　　二舅幼年时，外爷被国民党抓了壮丁，剩下孤儿寡母相依为命，受尽了人间恓惶，也落下了哮喘、关节炎的病根。二舅常年辗转求医，疗效甚微。迫不得已，二舅1986年辞职来西安边做生意边求医治病。初来乍到，二舅在一所中学当门卫，妗子做小生意贴补家用。没想到，治病赚钱两不误，妗子的生意越做越大，二舅的病也好转了很多。就这样二舅不仅在西安站稳了脚，而且置办家业扎下了根。

　　我们说起往事，二舅又拿陈年旧事打趣妗子说："第一次来西安时，你妗子看见一个5路车站牌就喊叫一声，说怎么有这么多一样的5路车站牌，这叫人怎认？不像咱老家，一个村一个名字，谁跟谁都不重样。"妗子笑着分辩："那时候，我两眼一抹黑，谁知道你把人领到啥沟里去呀！"确实，那时候吃饭要粮票，一切都还是按计划供应，二舅拖家带口来西安闯荡实在是承担了很大的风险。几年后，我来西安上学，便常去二舅家，与他们有了很深的感情。

说话间，二舅突然想起了什么似的，非要我去书房看他的宝贝们。所谓的宝贝，一是遗嘱。原来二舅已请律师对他的身后之事做了安排，并进行了公证。二舅对房产、现金、存款做了合理分配，妗子、四个子女、若干孙辈，人人有份。二舅如此豁达，令我肃然起敬。二是影集。二舅是个闲不住的人，他将多年来的照片、文件、资料分类整理成三大册，并在其下一一注明了日期、背景等文字。二舅如此有心，看得我眼眶潮湿了起来。我想起看过的一部老电影：几个小偷潜入大富翁的豪宅中行窃，费尽周折终于打开了藏宝洞，却大跌眼镜，发现里边不外乎是照片和孩子的衣服、婴儿车、玩具等不值钱的"破烂"，居然没有一丝金银财宝的影子。富翁对目瞪口呆的小偷说："这些才是我生命中最值得珍藏的财富。"想想也是，人这一辈子，钱财乃身外之物，生命中最值得珍藏的就是我们与亲人在一起的一点一滴。

待我一页一页细看完影集，二舅又招呼我看他的第三样宝贝——书稿。二舅早年立下规矩，子孙凡是考上大学者，费用他一概负责。如此给力的激励措施，鼓舞得孩子们个个努力学习，几乎都上了大学，有几个还考上了研究生。这些书稿便是二舅过生日时，孩子们精心为他搜集的一些文章，装订成册，让他一人阅读。我静静地翻阅着书稿，阳光洒落案头，温馨明亮。至今想来，二舅那天心里莫非也有预感，可他那天依然笑得那么灿烂。

不久以后，二舅在一个清晨永远地离开了我们。按照他的遗愿，他被送回了家乡，安息在我姥姥姥爷的身旁。送葬的队伍很长很长，乡亲们时不时会提起二舅的种种逸闻趣事。当我回想起这个患有五十多年哮喘、风湿性关节炎、做过几次大手术的长辈时，根本想不起他诉说自己病痛的只言片语，却全是他关心我们的生活和工作、关心孩子的学习和健康、关心家乡的变化和人事的情景。

每次拉家常，不知不觉中，二舅已为我指点迷津，尤其是那句："你是个书娃娃，可不能光读书，要学以致用，才是真本事。"让我茅塞顿开，感激不尽。

二舅一生行得端走得正，从不怕事。他常说："世上无难事，只怕有心人。"什么难事到了他的眼里，都会迎刃而解，令人叹服不已。乡亲们说他："别人看病花光家底儿，你舅看病抱回金元宝。"我细细思之，莫不如此。

二舅一生中最后的二十几年，也是最精彩的二十几年，是在西安度过的，而我最美好的青春年华也留在了西安。西安已经成了我们的第二故乡，西安的古老与大气已经融入了我们的生命。二舅离去后，我心中一直空落落的，每次经过西安的迎宾大道时，我都会忍不住地朝着二舅家的方向张望，仿佛二舅还在那里住着。直到有一天，看着落日余晖照耀下的古城墙，我忽然明白了人们常说"人过留名，雁过留声""莫道桑榆晚，为霞尚满天"的意义。二舅在衰朽残年依然奋斗不息，不仅改变了自己的命运，也鼓励影响和改变了许多乡亲的命运，让生命如这座古城一样焕发出了迷人的光彩。想到这里，我心中释然。二舅，放心吧，我们已经长大了，我们会和您一样坚强不屈，会像西安这座古城一样质朴博大，我们会给亲人温暖厚实的怀抱，也会像您一样做个有质感的人。

赤脚医生自贤爷

夏天夜里，我们一家人坐在门道乘凉。孩子们抓黑牙婆（一种不咬人的小黑虫）玩，母亲又说这是天上下的虫子，儿子不像我小时候对大人的话总信以为真，他反问道："天上怎么会下虫子，奶奶胡说八道，满嘴放炮。"现在的孩子呀，和我们小时候就是不一样，我们边笑边感叹。这时一阵二胡声传来，如泣如诉，苍凉凄婉。母亲说："这是你自贤爷在拉二胡。"

自贤爷是我们村的赤脚医生。小时候我们小孩有三怕：一怕自贤爷打针，二怕油坊闹鬼，三怕皂角树上猫头鹰叫。那时小孩很少打针，一听说打防疫针，我们巷道的小孩就玩失踪，自贤爷逮住一个打一针，有的吓得干脆躲到亲戚家不敢露面。只有我这个平日里最胆小的孩子等着他来打针，因为母亲告诉我打了防疫针就不会生病，自贤爷因此常夸我懂事。

母亲说完我儿时的趣事，又说："老天爷也有打盹的时候，你自贤爷一辈子治病救人，前年夏天碾场的时候，不幸被碌碡砸伤了腿，村里人都担心他的安危。幸好老天爷这回终于睁开了眼，几个月后你自贤爷又好了，又能给人看病了。这是他一辈子行善积下的德，村里人都夸他人好，一定会有好报。"这两年父母年纪大了，回到家乡居住，我也渐渐知道了家乡的许多事情。听说了自贤爷的遭遇，我心里悲喜交加，万般滋味，难以言表。

每到夏天，母亲就有些病恹恹的，她说这是怯夏，每年都这样。我放心不下母亲，今天特意回家看望。母亲果然气色不太好，我执意要带她去看病。母亲拗不过我，随我到了诊所。一进门，我向自贤爷问好请安，他极其热情地接待了我们，夸我母亲有福气，儿女这般孝顺，感叹时间过得太快了，当年的小女娃都长成大人了，都认不出来了。接着，他为母亲号脉，说母亲有点儿贫血，脾胃虚弱，开了一些针和药，嘱咐母亲到别的诊所打针，再回家吃药。几天后，母亲的身体好了很多，人也精神多了。母亲说："你自贤爷医术高明，病看得准，药也不贵，还常常给没钱的人赊账看病，只可惜年纪大了，眼睛快看不见了，没法给病人打针，找他看病的人也越来越少了。他的几个子女都不想学医。他本想让孙女学，可孙女非要到城里去打工，不跟他学。"

我听了很伤感。农村的年轻人渴望着融入大城市，都想出去打工，却不知珍惜眼前的机会。像自贤爷这样高超的医术无人继承，不能不令人感到悲哀。家乡已经不是我们小时候所熟悉的家乡了。环境在变，人们也在变，变得让人有喜有忧，让人难以琢磨。

过几天我就要走了。晚上，自贤爷的二胡又响了起来。我走出家门，循声而去。皎洁的月光下，老人孤独地坐在路口，很投入地拉着二胡。我远远地站住，静静地听着这来自乡土的音乐，眼睛渐渐地湿润了。这苍凉、悲伤、低回、辛酸的音乐，仿佛在诉说着一代又一代人沉重又艰辛的生活，传唱着故乡这块热土上一个又一个正在上演的故事。

夜翻九龙咀沟

此刻，我站在九龙咀沟边，对面沟口的坡路清晰可见。初春正午的阳光明亮耀眼，闪耀着黄土色泽的坡道七扭八拐，很快淹没在沟中的荒草里，不见踪影。

同学莉指着不远处县城的高楼，让大家辨认九龙咀村在县城的哪个方向。我方向感比较差，只好在心里估算着从县城到沟边的距离。平路少说也有七八里。至于沟里的坡路，曲里拐弯，还真不好说。

村子三面临沟，九条弯弯曲曲的土坡，犹如九条巨龙，伸向沟底汲水，故名九龙咀村。以前的窑庄修在沟边，近年来兴建的新农村在原上，家家户户都是水泥平房、大红铁门、白瓷墙面，看起来整洁美观。在村子里四处走走，家家门前都有绿化林木，墙面上有鲜艳的宣传画，大街小巷都是水泥路面，主干道很宽阔，两辆车并行还绰绰有余。

新村子和沟边的一块空地上有几个馒头样的麦草垛，这是昔日的打麦场。印象中麦草垛有两米多高，是孩子们天然的滑梯。现在退耕还林，坡边的地种上了树，平原上的地大，都用收割机割麦，麦茬留得高，收回来的麦草少，麦草垛子矮了一半，只有一米出头。打麦场上还有几堆截开的树身，随意堆放着，做我们十几个同学合影留念的台阶，倒也相宜。

沿着沟边往下走，不远处就是九龙咀村的旧址——前房后窑的窑庄子，大都已经废弃不用，只有一两眼窑洞里还堆放着柴火。窑庄子一律朝着阳坡，冬暖夏凉，一出门就是沟，虽说便于放羊割柴，但抬腿就得爬坡下坎，洪涝天气时窑洞容易坍塌，离学校和原上的庄稼地也远，有诸多不便。近几年，依托国家移民搬迁的好政策，村子整体搬迁到了原上，村容村貌有了天翻地覆的喜人变化。

"以前，我到镇上读中学，先上到原上，再得走半天黄土路，晴天一身灰，雨天两脚泥。村里人把这一段路叫肠梗阻，汽车只能通到镇上，村里人嫌麻烦就抄近路翻沟到沟对面去坐车。现在路修好了，汽车可以开到家门口，从镇上到我家只要几分钟。"提起家门口通往镇上的这段路，莉感慨良多，"当年，我们俩就是从县城摸黑翻沟走回来的，我走得腿都软了，心里直打鼓……"莉的话让我想起了三十二年前翻越这道沟——九龙咀沟的情形。

1991年9月初，我们上了电力学校。开学报到几天后就是中秋节，老师给我们每个人发了一块月饼。许是第一次独自享用如此精美的月饼，同学们都坐在教室里流泪——十五六岁，初次远离家乡的我们想家了，咬一口月饼，抹一阵眼泪。而我，比其他同学更加悲催——除了想家，还因水土不服，闹起了肠胃炎，一个礼拜瘦了五六斤，整个人虚弱不堪。

中秋不久便是国庆节，同学们都在商量着回家的事。可是说的人多，真正打算回家的人少。究其原因，不外乎是坐车回家要掏钱。刚刚跳出农门的我们，从小到大吃住在家，一时接受不了干啥都要钱的事实——虽然学校每月补助30斤粮票和20块钱的菜票，但还得自己贴补一部分。每天花父母的血汗钱买饭吃是不得已的事，其他方面能省就省。初到城里，需要花钱的地方太多了，尽管学校对面就是康复路服装批发市场，但我们女生几乎没人去逛，个个都是一身校服。周末，为了节省两毛钱的公交车票，我们大都在学校附近走走看看，饱饱眼福就回校了。花钱回家几乎是一种奢望——我们既想坐车回家，又不愿给父母增添负担，真是左右为难。

这种想法现在的孩子可能难以理解。可那是计划经济时代，家家都不宽裕。我们大都是农家子弟，花几毛钱买东西都要掂量一番，回家十几块钱的路费无疑是一笔巨大的开支。当时为了省钱，我们新生入学报到时，大都自带被褥和秋冬两季的换洗衣服，提了好几个蛇皮袋子，和外出打工相差无几。

好不容易到了国庆假期，大家像往常一样在宿舍里补觉。中午，我和莉一起去学生餐厅吃饭，刚吃了两口，我的肠胃又开始难受了，突然间特别渴望吃一碗母亲做的臊子面。我把心里话告诉了同乡莉，莉和我一拍即合，给舍友们打了声招呼就出发了。我们凭着来校时的记忆，坐公交车摸到了水司客运站，却一下子傻眼了——站上没有去我们镇上的班车了，只有最后一趟到县城的班车。我们两个虽说是同县，但一个在县北，一个在县南，两家相距上百公里，一点儿都不顺路。当时我们回家心切，啥也不想就毫不犹豫地搭上了回县城的班车。没想到车主是莉的亲戚，说我们是学生娃，开销大，坚决不收我们的车票。我们俩喜出望外，一路说说笑笑，巴不得早点回到家里。

到了县城汽车站，大约是下午五六点，通往镇上的班车早都没有了。我们俩不知如何是好。莉的亲戚让我们去她家，但我们回家心切，毫不犹豫地拒绝了。

"走，咱走回我家。我家离县上不远。翻个沟就到了。"莉说她当年说这话时，心里根本没有底——她家很多亲戚在沟对岸，她经常翻沟走亲戚，但很少去县城，并不知道要走多远。

"走就走。"当时，我觉得只要和莉在一起，有个伴儿，啥也不用怕。

我们一路打听一路步行，沿着公路走到了县城边上。地里有农民正在收玉米，挖玉米秆。远处的地里刚种上麦子，平平展展，好像海水冲刷过的一大片褐色沙滩。看着这熟悉的一切，听着家乡方言，我们感觉已经到家了，兴奋得说个不停，走路也更带劲儿了。莉指着一个村庄说这是封侯村，我们一个新同学的家就在这里。又指着另一个村庄说有她的亲戚，一会儿要绕着村外的路走，万一遇上亲戚，就会被硬拉到家里去吃饭，还会说天晚了，住一晚第二天再回。莉说这些话时很开心，仿佛我们马上就要坐到她家的炕边上，吃上辣汤面了。离开学校后，我们俩一直没吃没喝，我当时又饿又渴，甚至想到路边的村子讨口水喝。最终，我咽了几口唾沫，什么也没说。

莉依然像个导游一样，热情地为我指东道西。这些话极大地安慰了我，让我感到自己确实站在了家乡的地界上，腰杆子直了许多，也忘记了肠胃的不适和口干舌燥。我们加快脚步，在天黑之前赶到了沟边，远远看见了对面的几排窑庄。莉指着最南边的一片大树，兴奋地说那就是她家！我从来没有走过这么远的路，加之长期生病，已经上气不接下气了，但听了这话，立即精神大振，二话不说，兴冲冲地开始翻沟。

刚开始是下坡路，我们几乎是一路小跑着就到了沟底。上坡时，天已经很黑了，看不清路面，我们只好绕道走大路，但有些地方依然狭窄陡峭，我们手脚并用地往上爬，一时忘记了害怕，忘记了肚子饿。突然，前面草丛里一闪一闪的，像有一伙人在抽烟，又像是星星点点的鬼火，我俩吓得不敢动弹。过了一会儿，那亮光飞起来了，莉说那是萤火虫，给我们打灯照路呢。我一下松了口气，这才感觉到肚子饿得咕咕叫，胃疼得就像猫抓一样，双腿就像灌了铅一样，一点儿也不听使唤了。看我实在走不动了，莉便寻了一节棍子，让我拄着走，她搀扶着我，鼓励我说马上就要到了，再坚持一会儿就到家了。

"望山跑死马"，走了好久，还是看不到村庄。萤火虫已经飞得不见影儿了，天黑透了，沟里起了风，越发阴森，两边的草木影影绰绰像鬼影，稍有响动就让人胆战心惊。突然，草丛里窜出来一个东西，黑乎乎的，看不清是什么，我们俩吓得搂在一起尖叫了半天。

夜里十点多，我们两个跌跌撞撞，深一脚浅一脚，总算挨到了村子。当年，村子里没有路灯，到处黑灯瞎火。村里人睡得早，收了一天玉米的人们早都进入了梦乡，四周静得可怕。我们敲了半天莉家的头门，没人答应。我担心家里没有人，莉告诉我说院子深，人肯定在家，窑太深听不见。我们使出吃奶的劲，边敲边喊，还是没有丝毫的反应。我都快急哭了。莉坚信家里有人，我们俩使出了最后一丝力气打门、呼喊，幸亏莉的哥哥住在前院，半夜起来给牛添草料，听见了声响，答应着跑出来迎接我们，那又惊喜又担心的表情我一辈子也忘不了。后来，我们才知道沟里以前有狼出没，村里人都不敢在夜里翻沟。我们两个无知者无畏，胆大包天，万一……至今想来，仍有几分后怕。

莉的父母起床为我们张罗饭菜，围着我们问长问短，那热乎劲儿实在令人感动不已。可是，我们已经累得说不了话，也吃不下多少东西，简单梳洗了一下就睡了。第二天，我原计划坐班车到县城，再倒去我们镇上的班车回家。结果，我们睡到中午才醒过来，早错过了到县城的班车，要回家只能再翻沟。一说起翻沟，我的双腿就不由自主地开始打哆嗦。加之，我突然意识到不能让家人看到我生病虚弱的样子，便犹豫起来。莉的母亲看出了我的心思，便说明天早上就要回学校，倒几趟车回到家也只能打个照面，很不划算，不如住下来，攒点儿劲，明天两个人搭伴一起回学校。我死要面子，挣扎着要回去。莉的父母极力劝说，让我有了台阶下，安心住了下来。莉带着我到处转悠，阿姨则在家里变着花样为我们做饭菜，还烙好了一大摞饼子，让我们带回去分给同学们吃。

那时候，乡村的班车每天只有两三趟，大都是早上五六点发车，方便人们看病办事，下午三四点返回，赶天黑就能回到家里。第三天，我们为了在家里多待一会儿，打算吃过了饭再回学校。莉的哥哥带我们翻沟到对岸去坐车，走的是村里人常走的近路，有的地方没有路，只有巴掌大小的脚窝窝。我这才发觉沟并不深，走小路多半个小时就到对岸了。我们原打算坐倒数第二趟车，没想到莉亲戚的车调整了班次，我们又享受了一次免票。那时候，没有国庆黄金周，国庆节只放三天假，我们赶天黑前顺利回到了学校。同学们羡慕极了，围着我们问个不停。问完之后，同学们品尝着莉带回来的饼子，躲进被窝里给家人写信，写着写着哭鼻子的大有人在。

那次回家，我并没有见到父母，但我的身体和心理得到了极大的慰藉。许是吃了莉母亲精心调制的家乡饭菜，释放了我压抑的思念之情，我的身体竟然渐渐好了起来。

我们永寿县超过一公里的沟有389道，我只用脚步丈量过五六道。九龙咀沟，我只翻过一个来回，却萦系心头，终生难忘。

母亲是人间的佛

三十二年后，我再次来到了莉的家中，宽敞明亮的房间代替了窑洞，款式新颖的大床代替了土炕，新家的摆设几乎与城里无异。这次是莉的父亲和哥哥嫂嫂招待我们，而莉的母亲，仅有一面之缘却永远也忘不了的阿姨，已在几天前平静地离开了人世间，离开了她劳作过的黄土地，离开了她操持了大半辈子的这个家。

全村的乡亲都来了，灵棚刚刚搭建起来，一场肃穆庄严的葬礼将在三天后隆重举行。一个女人引起整个村庄人关注的次数屈指可数——最耀眼的那次是女人当了新娘嫁到村里，紧接着是生下了传宗接代的儿子。至于给儿子娶媳妇、操办孙子的满月宴，这些荣耀大多属于家族和男人。阿姨和村里其他女人一样，嫁过来之后，终日操持家务，忙忙碌碌，姓名也逐渐模糊了，取而代之成了某某的媳妇、某某的娘亲、某某的婆婆、某某的奶奶……

这最后的告别，阿姨是看不到的，但她参加过无数次村里的葬礼，用哭声送别过村庄里每个逝者。村庄里有一条不成文的规定——所有的是非恩怨都会随着死亡一笔勾销。葬礼是村庄送给每个村民最尊荣的礼遇——亲朋好友都会赶来祭奠逝者：男客们以作揖、鞠躬的方式表达他们的哀思，女客们则会哭诉逝者赡养父母的孝顺，养育儿女的艰难……那哭腔哀伤婉转，让人想起了逝者生前的种种好处，也勾起了每个人的辛酸往事，闻着无不落泪。就算是铁石心肠的人也不例外。到了棺木入土，阴阳永隔的那一刻，孝子孝女们拽住棺木，哭天抢地，更是让人肝肠寸断……近年来，我参加葬礼的次数逐渐增多，每次一看到摆放着逝者照片的灵堂，眼泪就情不自禁地流下来。

在我们同学的眼里，同学的父母就是自己的父母。这话还得从我和莉三十二年前刚上电力学校时那次回家说起。我们俩那次回家引发了一场思乡潮，同学们纷纷给家里写信。那年月电话没有普及，写信是我们和家里唯一的联系方式。我们在外思念家乡，其实父母在家更牵挂着我们。他们四处打听谁去省城办事，谁去康复路进货。于是，我们同学陆续收到了家里捎来的各种东西。再后来，就有家长来学校看望孩子。我们每隔一段时间就能享受到各地的特色美食，随之也认识了许多同学的父母。

一个同学的父母来了，全宿舍，甚至全班人都像过节一样高兴，围着家长说这说那，久久不肯散去。到了晚上，大人便挤在学生宿舍里，学校也理解家长的难处，对此睁一只眼闭一只眼。学生宿舍是八人间，上下铺，厕所、水房公用。若是男生的母亲来了，便住在我们女生宿舍。我们女生一得到消息就欢天喜地地开始打扫宿舍卫生。大家齐心协力，把窗子玻璃擦得纤尘不染，把被子叠得四棱四角，把牙刷朝一个方向摆得整整齐齐，等待着家长随时检阅。男生的母亲看了高兴得合不拢嘴，直夸女娃娃就是能干爱干净。到了晚上，我们女生两个人挤在一张床上，把下铺让给男生的母亲……男生母亲在家里日夜操心，看到学校一切都好，放心地回家了。这是男生母亲唯一的一次探亲，多年后，男生母亲提起我们，依然满脸慈爱。

毕业后，同学们分到了不同的单位，聚少离多。二十多年间，我和莉仅见过几次面。这仅有的几次相见，大都是在同学的婚礼上。而这次，却是为了送别莉的母亲。

事死如事生。安埋好父母，是为人子女的一件大事，稍有差错，便会被人笑话一辈子。在农村，很多老人生前都会对身后之事提前做好安排，免得措手不及。几年前，我的父亲病逝，家里一片混乱，同学们从四面八方赶来吊唁，给了我很大的安慰，有的来去匆匆，连口热饭都没有吃就走了，让我遗憾不已。

"我妈常说她这辈子有一个好媳妇、一个好女婿……"披麻戴孝的莉哽咽着说起母亲的口头禅。听闻此言，我的眼睛湿润了——莉的母亲，和我的母亲一样，也和黄土地上千千万万的农村妇女一样，勤快善良，却常常面临着贫穷、灾害、疾病……她们忍辱负重，用温言软语化解了生活中的龃龉，用柔弱的肩膀撑起了半边天。她们没有多少知识，见识却比许多读书人高。她们一辈子围着锅台转，用慈爱之心为儿女们营造了一片温馨的天地，用一粥一饭滋养了一家人的精神，用一言一行告诉了儿女们为人处世的道理。

"阿姨不笑不说话……年前，我们还陪着莉回老家看望阿姨……"和莉同在一个单位的同学娟，说起了莉母亲的一些往事，引来了大家的交口称赞——阿姨每到一处，身边的人都能感受到她的善意和热心。阿姨的优点完全遗传在莉的身上——那温暖动人的笑容，那温和坚定的眼神，那不急不躁的好脾性，都随了阿姨。大家推举莉当宝鸡同学群主，莉为群取名为"随叫随到"，她在群里一发帖，一呼百应，行动速度堪比特种兵。

一时醒悟过来，我见到阿姨时，阿姨也就是四十多岁的样子，和现在的我们年龄相当。三十年河东，三十年河西。换作是我，能不能体谅孩子同学的难处，并极力挽留呢？莉说她母亲常念叨我，而我却没有再去看望过她老人家。时光不会倒流，我的遗憾是不能弥补了。以前，我以为变老是件很遥远的事。谁知眨眼间，我们已经青春不再，华发渐生。以前，我很担心自己变老。现在，我明白容颜可以苍老，心却不能老去，老了能像阿姨一样慈眉善目，善解人意就是福气。

记得刚毕业不久，我还曾去过安同学的家里。安的父亲是位教师，安的母亲秀美苗条，爱干净，爱看书，也爱绣花。恰好，我喜欢画画，便替阿姨描了一些花样。十几年前，我们刚有了私家车。一次，安和我带着孩子回村里接她母亲去赏牡丹花。十几年不见，阿姨竟然把我当年去她家的事情记得一清二楚，甚至记得我当年描的牡丹花样。那天游完牡丹园，吃完大餐，我们把阿姨送回了家中，坐在院中的大树下拉话，悦悦和阳阳两个孩子在一旁玩耍，仿佛就是昨天的事。

"我妈常夸咱们同学……说我有福气，走到哪儿碰到的都是好人……我妈会说话，绕着弯弯说，说的话人能听进去……"莉沉浸在对母亲的回忆中，想起母亲的话便念叨起来。

突然想起我的母亲也经常叮咛我："有啥事多和你同学商量，你们一搭上学，一搭上班，几十年了，比兄弟姊妹都亲。"母亲这话说得极是。最近，一位男生翻出了刚毕业时写的协议——不管谁娶亲，舍友每人给他借5000块钱。5000块钱，在当时可是相当于两年的工资。

儿行千里母担忧，天下的母亲都爱自己的孩子，同时爱屋及乌，爱着她孩子的同学朋友。母亲不懂得"益者三友，损者三友"这些话，但知道近朱者赤近墨者黑的道理。她们操心子女，生怕子女误入歧途，经常提醒子女要和正派踏实的同学打交道。母亲教给我们的东西，是值得回味一生的。启功大师说："真佛常说家常话。"母亲是人间的佛，她们任劳任怨，通达宽厚，说过的话值得我们永远回味。

白底蓝花的灵棚在阳光下显得越发庄严圣洁。正午的阳光照在身上暖洋洋的，羽绒服仿佛把阳光加热了，身体似乎进入了一个巨大的暖房，整个人几乎要融化在阳光里。向阳的墙角有几个老者晒着暖暖，吃着旱烟，笑眯眯地打量着我们："你都是莉娃的同学？"

"就是。"我们点头答应。

"你一满都是念书好的娃，给父母长脸了。大人吃苦受累供你们念书，值了！"老人说起了当年父母供孩子上学的艰难，我们也都感慨不已。当年能考上电力学校，可是一件大喜事。有个同学说邮递员给他送录取通知书时，恰巧碰到了他的七爷。七爷是村里最有学问的人，说考上电力学校就是中了举，是光宗耀祖，是百年一遇的好事情，当即就取出锣鼓，引着全村人敲锣打鼓地把录取通知书送到了他家。那热闹的场面，把邮递员都震住了。

那时候中专录取比例非常低，一个县城一年也就能考一两个中专生。电力学校的同学们大都是全县的前几名，可以说都是学霸。考上中专意味着跳出农门，意味着早早参加工作，可以为国家早做贡献，为父母减轻负担。当时，老师和家长经常念叨这些，我懵懵懂懂地懂得一点。其实，我内心里更渴望去大城市读书，去外面的世界看看。

我们大都是初中毕业之后考取了中专，个别同学则经历坎坷，故而一个班的同学年龄会相差四五岁。有个男同学成绩一向很好，可惜没有考上中专，一气之下就去开卡车跑长途运输。他跑了几年车，吃了不少苦，突然醒悟到不能一辈子握着方向盘，于是回到学校苦读，一年后如愿考上了电力学校。

寒窗十几载，一朝梦终圆。无论年长年幼，我们都格外珍惜这来之不易的学习机会。几个有主见年纪长的男同学，自然而然成了同学们信赖的主心骨和班干部，班里领饭票菜票等大小事务都靠他们。记得有个男生在教室里踢球，把毛玻璃黑板砸裂了一道缝，听说要花300块钱换一块新的，吓得直哭。几个年长的同学示意大家不要声张，私下里给老师承认了错误。老师很大度，说不影响使用就不用赔新的。还有一次，足球队和外班同学发生了争执，我们全班同学一起上阵，吓唬走了外班同学……

毕业二十多年，同学们大都成了行业中的骨干和佼佼者，为电力事业默默地奉献着光和热。究其原因，那就是我们都记着母亲的教导，始终保持着勤奋努力、好学上进的良好习惯，始终拥有着踏实本分、与人为善的优秀品质。

读完了电力学校，接触了社会，才真正体会到读书改变了我们的命运。参加了工作，尝遍了人间冷暖，才切实感受到同学情谊是此生最为珍贵的一笔财富。

走过千山万水，相逢故土家园。原以为自己离开家乡很久很远了，到头来才发现，我们永远走不出母亲的目光。其实，无论走多远，我们的根永远在这片热土上。一如我曾经晒过这里的太阳，吃过这里的井水，翻过这里的山沟，便魂牵梦绕，难以忘怀了。

仰望天空，时光好像倒流了，我重又变成了一个追梦的乡村少年，背着书包，行走在求学的路上。身后，母亲倚门而望，欲言又止，目光如水……

天空蔚蓝，蓝得像水洗过。阳光像母亲的大手，慈爱地抚摸着世间万物。世界仿佛缩小成了一个村庄，安静、悠闲、温暖……

老人们安然地沐浴在透亮的阳光里，莉的母亲好像也在其中，晒着暖暖，说着很多年前的旧事。

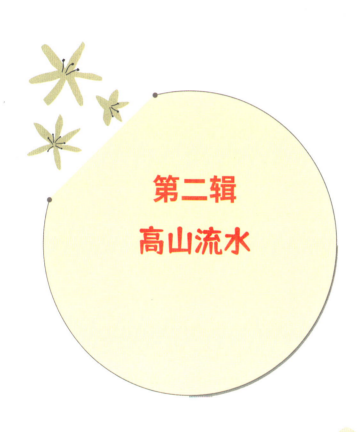

第二辑

高山流水

向东，向西

想到达明天，现在就要启程，
你能让我看见黑夜过去。
想到达明天，现在就要启程，
只有你能带我走向未来的旅程。

在雁塔晨钟的余音中，我们踏上了丝路采风的征程。7月的风，将旗帜吹得猎猎作响，我唱一首《启程》为自己壮行。

作别长安，一路向西，出陕入甘，风景渐异。天水，这座几乎天天被我念叨的城市，前秦的苏蕙曾经来过，我在梦里陪着她欢喜忧伤，看着她思念流放到流沙的丈夫窦滔，看着她靠纺纱织锦养家糊口，度日如年，却无能为力。庆幸的是，她织的锦帕传遍了天水的大街小巷，也传到了苻坚的王宫里，终于救回了朝思暮想的窦滔。

翻过乌鞘岭，进入河西走廊，绿色越发稀少。习惯了都市喧嚣的我，初见这荒漠戈壁，忍不住要吟唱"大漠孤烟直，长河落日圆"的诗句。河西走廊夹在雄伟的祁连山和连绵的北山之间，寂寞无语，不枝不蔓，伸向西天。上天仿佛怜悯那些天涯游子，暗中指引着前进的方向，免得他们误入歧途。这条著名的天然通道，是商贸、征战、文化、佛窟、歌舞之道，是沟通东西方、衔接中原和西域的咽喉，古老而又年轻。河西走廊好像一根藤蔓，根深植在长安，西域诸国就是藤蔓上结的果子。提起藤蔓，根和果子都要抖三抖。所以，这条路注定了要承受历史的血雨腥风，刀光剑影。所以，古人讲"凿空西域"，一个"凿"，一个"空"，足见其艰辛和复杂。遥想当年，汉武帝派卫青、霍去病率兵出击匈奴，夺取焉支山和祁连山。匈奴人悲伤作歌曰："失我祁连山，使我六畜不蕃息。失我焉支山，令我妇女无颜色。"后人便知当年的征战是何等惨烈了。

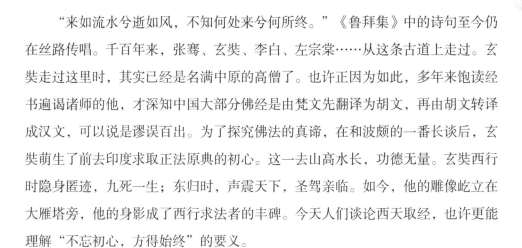

"来如流水兮逝如风，不知何处来兮何所终。"《鲁拜集》中的诗句至今仍在丝路传唱。千百年来，张骞、玄奘、李白、左宗棠……从这条古道上走过。玄奘走过这里时，其实已经是名满中原的高僧了。也许正因为如此，多年来饱读经书遍谒诸师的他，才深知中国大部分佛经是由梵文先翻译为胡文，再由胡文转译成汉文，可以说是谬误百出。为了探究佛法的真谛，在和波颇的一番长谈后，玄奘萌生了前去印度求取正法原典的初心。这一去山高水长，功德无量。玄奘西行时隐身匿迹，九死一生；东归时，声震天下，圣驾亲临。如今，他的雕像屹立在大雁塔旁，他的身影成了西行求法者的丰碑。今天人们谈论西天取经，也许更能理解"不忘初心，方得始终"的要义。

在我的心目中，嘉峪关应该在很遥远的边疆，没想到即将出现在眼前。眼前的嘉峪关修复得相当完整，在茫茫的戈壁滩上，耸立着这样高大雄伟的城楼，确实让人感到震撼。所幸，这座孤独的雄关里，依然上演着热闹的戏剧和古代征战的节目。

一路西行，绿色愈发珍稀，你会情不自禁对着一棵树凝目远眺，对着一蓬骆驼刺肃然起敬，对着一片绿洲欢呼雀跃。晚清重臣左宗棠西进收复新疆时，深感气候干燥，了无生气，遂命令湘军在大道旁遍栽杨树、柳树和沙枣树，名曰道柳。左宗棠是以战功而彰显于后世的，可他万万没有想到，人们对他最没有争议的纪念竟是一种树，并不约而同地呼之为"左公柳"。这正应了泰戈尔的话——昨夜的暴风雨用金色的和平为今晨加冕。

"壮志西行追古踪，孤烟大漠夕阳中。驼铃古道丝绸路，胡马犹闻唐汉风"的诗句回荡在漫漫丝路之上，犹如一把古老的琴，弹奏着东西方文明交汇的旋律。"渭城朝雨浥轻尘，客舍青青柳色新。劝君更尽一杯酒，西出阳关无故人。"王维的《送元二使安西》化作琴曲《阳光三叠》被带到了远方。每一个听众都会遐想自己心中"胡姬貌如花，当垆笑春风"的长安模样。

向西，触摸历史的心跳；向东，扬起时代的风帆。

葡萄美酒、夜光酒杯、天马大象、玉器丝绢、佛教壁画印证了丝路贸易给古老中华带来的丰盈和充实。如今，"一带一路"倡议将使它们大放异彩，深度展现国人的物质世界和精神世界。

作别丝路，让我为这苍茫大地唱首歌：

当你在遥远他方的时候，我梦见地平线。

而话语舍弃了我，

我当然知道，你是和我在一起的。

你——我的月亮，你和我在一起。

你——我的太阳，你就在此与我相随。

众里寻她千百度

天水，因为创作长篇历史小说《璇玑图》而与我结缘的城市，我来了。

天水，这座几乎天天被我念叨的城市，前秦的才女苏蕙曾经来过。

苏蕙来时，正值芳龄，容颜如花，心头的小鹿怦怦乱跳。新婚三日作别，这小别胜新婚的滋味自然格外甜蜜。窦滔文武双全，那时候升任了秦州刺史，少年得志，英气勃发，应该是无数天水娃娃心中的偶像。

天水城外，西南一面为悬崖峭壁，其余三面坡度较缓，状若麦垛的麦积山，苏蕙夫妇也许曾经游过。其上洞窟"密如蜂房"，栈道"凌空飞架"，游人"匍匐若蚁"，远观好似佛陀头部的胜景，也许入了苏蕙的诗文。而我爱屋及乌，总以为洞窟内如"窃窃私语""东方微笑"等形神兼备，精妙绝伦，具有浓郁的世俗气息和浓厚的生活情趣的雕像身上留有苏蕙的影子。其实麦积山石窟始建于东晋及五代十六国时期，大兴于北魏，后经唐、五代、宋、元、明、清不断开凿扩建，遂成为中国著名的石窟群之一。

这样的一对璧人，放在何时都是众人艳羡的对象，何况在这塞外之地。他们夫妇的一举一动，都会是民间效仿和谈论的热点。造化弄人，可惜，生于乱世，想要现世安稳犹如天方夜谭。随着窦滔被人谗害，获罪徙放流沙，苏蕙的生活急转而下……临行前，两人海誓山盟，依依不舍。苏蕙一再表白：海枯石烂心不变，誓死窦家不改嫁。大门不出，二门不迈的她哪知窦滔到了流沙，以为报国无门，返乡无期，便与一歌姬相好……

三年多来，我在梦里陪着苏蕙欢喜忧伤，陪着她思念流放到了流沙的丈夫窦滔，眼看着她靠着纺纱织锦养家糊口，度日如年，却无能为力。庆幸的是她织的锦帕传遍了天水的大街小巷，也传到了苻坚的王宫里，终于救回了朝思暮想的窦滔。若干年后，劫后余生的窦滔，向东而行时，一扫西行的颓废之气，想必是意气风发的，只不过身后多了个貌美的小妾赵阳台，让他有些为难，不知如何向结发妻子苏蕙交代。

"夫妇恩深久别离，鸳鸯枕上泪双垂。"真正的爱都是自私的。可想而知，这样的团聚是苦涩的。窦滔出任襄阳太守时，身边只带着小妾。雁情专一。苏蕙抚弄着定情之物，难以释怀。爱一个人，便是接纳他的全部。他依旧是她心中的窦郎。尽管这爱里多了无奈，多了伤感，多了恨铁不成钢。她，选择了继续爱他。她耗尽心血织就的回文诗，莹心耀目，终于为她赢回了爱情。

也许，是因为倾注了太多情感的缘故，我到了天水就变得格外兴奋。感谢《西安晚报》和禧福祥集团给了我们这次丝路采风的机会，我才得以亲近这片土地。天水作为采风第一站，令我们充满了期待。下午，参观麦积山石窟，聆听讲解员绘声绘色的解说，我不禁对这大大小小的佛龛充满了兴趣。这数以千计，大的高达 16 米、小的仅有十多厘米的佛龛，体现了千余年各个时代塑像的特点，系统地反映了中国泥塑艺术发展演变过程，不愧被历史学家范文澜誉为"陈列塑像的大展览馆。"

晚上，甘肃著名作家王若冰、诗人周舟、作家丁永斌与我们举行了座谈。王若冰满怀深情地为我们分析了天水与长安的关系，以一条河、一座山、一族人为线索简明扼要道出了天水的过去与将来，令人受益匪浅。周舟老师补充的天水文化谱系，让我们看到了伏羲文化、大地湾文化、秦早期文化、石窟文化、三国文化对这里的影响。

"深入到天水的大街小巷里，深入到古朴的民间，你才能真正寻找到令人怦然心动的诗句。"这是周舟先生反复说的一句话。其实，三年来，我一直在践行着这句话。

众里寻她千百度。蓦然回首，那人却在，灯火阑珊处。天水人精心保留的苏蕙织锦台、窦滔故里，我虽无缘凭吊，但心向往之。天水人为研究苏蕙成立了协会，创办了刊物（随后，热心的丁永斌先生为我寄来了杂志），让我欣喜不已，也让我感觉肩头的担子沉甸甸的。不幸的是，研究苏蕙的专家庞瑞林先生 5 月辞世，这也让我们更加感觉到了保护丝路遗产的迫切性。

深入到民间寻找诗句。今天，这话被老家在陕西的周舟先生反复提及，足见天水这座城市魅力之大、内涵之深了。

中国的老百姓都喜欢大团圆的结局，但我，总以为乱世中的爱情故事不会这么轻易就会功德圆满。爱情需要存活的土壤。而五胡乱华时期，兵荒马乱，老百姓过着朝不保夕的日子，哪里会有一劳永逸的幸福。我苦苦求索，终于在民间觅得了另外一种说法——苏蕙被权贵们逼上了绝路。我相信是一种强大的能量，是一种精神力量，是一种信念，支撑着一代才女忍辱负重地守护着坚贞纯洁的爱情，守护着父母家人的安危。

初稿完成后，我一直不甚满意，总觉得缺少了什么。冥冥之中，我来到了天水，来到了苏蕙生活过的地方，印证了我的预感。我的耳边响起了"苏武留胡节不辱。雪地又冰天，穷愁十九年"的歌声；响起了鸠摩罗什大师羁留凉州十余年，在莲花山大作水陆法会时，信徒的朝拜声；响起了茫茫大漠戈壁上，商旅往来，络绎不绝的驼铃声……

一个女子，千年之后，依然能打动人心，靠的当然不仅仅是她的才情和容貌，更多的是她的善良和温暖。

苏蕙，一个可以与李清照并肩而立的女子，正在丝路上闪闪发光。

作为苏蕙的娘家人，我要感谢这座城市善待了这位旷世奇女。

黄河铁桥

兰州，是一座安静而快乐的城市。

黄河，像个温顺的孩子，贴着大地无声地穿城而过。

我们是在正午时分到达的，沿河的柳树下坐满了男女老少，幸福安详。

从空调大巴里出来，热浪像海水一样，将人紧紧围住。我们奔跑着躲入路边高大的杨柳下，真如三伏天吃冰块——浑身清凉。兰州人真会享福，不用吹空调，坐在河边乘凉，拿个皇帝老儿也不换。恍惚间，我已忘记了自己是名游客，赖在树下不肯挪步。这柳树生得郁郁葱葱，枝繁叶茂，密不透风，虽无随风摇摆的妖娆轻盈之态，却十分受用，就像男主人，家里来了客人站在一旁憨笑着，随时听候女主人的差遣。

兰州的美景尽在黄河边上。兰州人足不出户，天天就在好风景里过日子，舒坦自在。

黄河铁桥近在咫尺，小巧结实，行走其上感觉很踏实。这座百年老桥非同寻常，能在其上一游，也算是三生有幸。过不了多久，它也许就成了重点保护对象，游人只能远观矣。这座桥的修建是一个伟大的创举，导游说你随便问一个兰州人，他们一口气都可以说出一大堆理由来。一是因为它建设于20世纪初叶中国积贫积弱的时代；二是因为它是僻居西北、地瘠民穷的甘肃人与西方人在自主、自愿前提下的第一次成功合作；三是因为它的建设材料，包括一个铆钉一根铁条乃至建成后刷铁桥用的油漆，都是在当时国内极其落后的运输条件下从德国辗转万里运至兰州的；四是因为它的建设是德、美两国工程师、华洋工匠与甘肃各界通力合作的结晶；五是因为它的建成一举结束了黄河上游千百年来没有永久性桥梁通行的历史……

兰州历来是东西交通要冲，是中原与西域往来的必经之途，但穿城而过的黄河则是横亘其上难以逾越的障碍，民间曾有"隔河如隔天，渡河如渡鬼门关"的歌谣。

在此之前，兰州人过黄河非常艰难。历朝历代的人们为安全渡河想尽了法子，其中以羊皮筏子最具特色。我们小学四年级语文最后一课是作家袁鹰所写的《筏子》（后改名为《黄河的主人》）。记得学习这一课时，我让孩子们假装坐在羊皮筏子上，然后一起大声朗读课文："我不禁提心吊胆，而那艄公却很沉着。他专心致志地撑着篙，小心地注视着水势，大胆地破浪前行。羊皮筏子上的乘客谈笑风生，他们向岸上指指点点，那从容的神情，就如同坐在公共汽车上浏览窗外的景色……"有调皮的孩子故意大叫巨浪来了，随即摇晃起桌椅，然后大家一起摇晃着桌椅，尖叫着大喊救命，让我对这一课印象极其深刻。当时，我做梦也想不到，我会来到黄河岸边亲眼看到羊皮筏子，虽然不敢乘它渡河，但我还是忍不住摸了一下，果然满手的油脂和腥味。我极其开心，就当我替孩子们摸了一把。

以前，黄河上还有一座有名的镇远浮桥。这桥虽可以"随波升降，帖若坦途"，但并不坚固安全，遇到大洪水和冰凌，常常会发生桥毁人亡的惨剧。而且，冬季黄河封冻，浮桥必须拆除，车马均由冰上通行。冬春之交冰雪将消未消之时，经常有人畜因冰裂落水而亡。春天冰融之后，又需重建浮桥，所费甚巨。

兰州人民做梦都想改变这种状况。早年，左宗棠任陕甘总督时，就有过修建铁桥之议，但因为洋人出价太高而作罢。后来，洋务的兴起，为建设黄河铁桥提供了历史契机。时任陕甘总督的升允敏锐地意识到"外人奇技巧思"正可以"宜民利用"，于是他决定借助外国的先进技术与设备来实施他的建桥计划。

修建铁桥的材料全部由德国海运至天津，再由天津经北京、郑州、西安转运至兰州，以郑州为界，前一段有火车，后一段不通火车，所有桥料必须由畜力大车拉运。在从天津到兰州的数千里路途上，一条由火车、骡马组成的运输长龙，翻山越岭，风餐露宿，历时近两年，终于将全部桥料一站站转运至兰州。兰州人民清楚记得当年修桥时，正逢盛夏酷暑，有无数运送桥料的骡马都热死累毙在了路上……

按照设计，铁桥使用寿命 80 年。1989 年铁桥保固期满后，德国有关方面曾致函兰州市政府，在国内外反响强烈。当时，兰州市政工程管理处正拟对铁桥进行全面大修，8 月 9 日，一艘自重 260 吨供水船失控撞到了桥墩上，铁桥遭受重创，

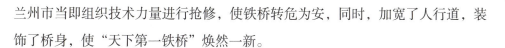

兰州市当即组织技术力量进行抢修，使铁桥转危为安，同时，加宽了人行道，装饰了桥身，使"天下第一铁桥"焕然一新。

今天，走上这座历经百年风雨的老桥，凭栏眺望远处的白塔山，凝目静观浑浊的黄河水，我的心情不由得随着河水跌宕起伏。在桥上行走，需缓步而行，绝对不可以奔跑跳跃。这是祖上传下来的规矩。1909年新桥落成，甘肃洋务总局专门颁布了管理铁桥暨岁修铁桥法程以及巡兵站岗、车马行人来往的十条规定。明文规定："车马走中间，行人走两边，由北而南者靠东，由南而北者靠西，无论是车马行人皆需鱼贯而行，毋得久立观望，有碍通行。载货过重的车辆，不宜并驾齐驱，以防损坏桥板……"如有人胆敢不遵守，卫兵立即上前呵斥。1910年，针对有人在铁桥上驰骋车马的现象，又专门发布了一道禁令，规定："嗣后，行过铁桥，无论车马，务须缓辔徐行，不准驰骤急跑。倘敢不遵，即由站岗巡兵扭送来局。轻则责罚，重则枷号示众。"

也正是兰州人民对铁桥一以贯之的珍爱与保护，黄河铁桥才能历时逾百年而雄姿依旧。

如今，这座历经风雨的铁桥身畔已崛起了银滩大桥等近十座桥梁。在不远的将来，还将规划建设雁青黄河大桥、金安黄河大桥等桥梁。届时，黄河之上将呈现出巨虹如带、天堑顿成通途的壮观景象。但无论何时，作为黄河上源"第一桥"的黄河铁桥如同兰州近百年的历史背景和记忆底片，都会永远烙在兰州和国人的心上。

母亲身旁盛开的花儿

> 黄河的水不停地流
> 流过了家流过了兰州
> 远方的亲人啊
> 听我唱支黄河谣
> ……

不知谁第一个发现了那一大群歌者,也不知是谁第一个猜出来这是《黄河谣》,便有人轻声哼起来:

> 日头总是不歇地走
> 走过了家走过了兰州
> 月亮照在铁桥上
> 我就对着黄河唱
> 耶咿呀咿耶咿呀咿耶哟……
> 每一次醒来的时候
> 想起了家想起了兰州
> 想起路边槐花儿香
> 想起我的好姑娘
> ……

看,树林左边有一圈,右边还有一堆,里边还有好几位歌者……

参观完黄河铁桥、羊皮筏子、水车园,前面不远处就是著名的黄河母亲雕像了,但我们却被这些无名的歌者吸引住了。

花儿,花儿会。林中旷地上正在举行各种大大小小的花儿会。歌手以白发苍苍的老先生、老太太和中年男子居多。无论是一人独唱,还是双人对唱,都极其投入,听众自发围成一个圆圈,低声应和。曲调悠扬,歌词听得不甚清楚,但感觉很深情。

　　我们采风团里有几位歌唱家，她们大大方方地要过话筒，为兰州朋友表演了几曲陕北民歌。呼啦啦一下子围上来一大群人，兰州的一位老太太和老先生现场即兴编词演唱，作为答谢。歌词好像是：

　　　　（呀……哈……）陕西（的）朋友们，
　　　　（呀）欢迎你们来兰州哎！
　　　　兰州（哈）黄河（呀）水长流……

　　简单的歌词在他们的反复吟唱之下，仿佛具有了一种魔力，深深打动了我们。回头望去，黄河母亲像在鲜花和歌声的陪伴下，益发显得柔美动人。

　　晚上，甘肃省作协主席马步升先生应邀为我们讲解了甘肃文化的五大板块，以及这种杂色的边地文化正在强势崛起的良好态势。马先生将其称为边缘地带的中心冲动，我们听了深受鼓舞。

　　回到宾馆，刚刚就寝，有两位甘肃友人深夜前来拜访，我们起身相迎，以茶代酒，相谈甚欢。

　　临别时，这位壮若铁塔的兰州大汉执意要为我们唱歌。他神情郑重，轻轻挥动着右手，轻声唱道：

　　　　水蓝蓝水蓝蓝，山青青山青青，
　　　　鲜花打扮我们青春的倩影，
　　　　灯闪闪灯闪闪，鼓声声鼓声声，
　　　　舞姿拥抱我们不眠的欢腾，
　　　　梦呀，乘上那祝福的翅膀，让美丽的心情飞越星空，
　　　　歌呀，洒向那多彩的画屏，让美丽的心情赞美成功……

　　我无法相信，这样深情款款，温柔细腻的歌曲出自这位粗犷豪爽的兰州大汉之口。这不是最动听的送别歌曲，但这绝对是最真诚的心声，让人有一股"挥手泪沾巾"的冲动。

　　作家吴克敬听得动情，便高歌一曲"六月的那日头，腊月的个风，老祖宗留下个人爱人……"引起了满堂喝彩。

　　这一夜，花儿盛开，心儿醉了！

第二辑

高山流水

○73

他乡遇故知

我很早就知道嘉峪关。这与我的小学二年级语文老师齐老师有关。

齐老师的丈夫在嘉峪关酒泉钢铁厂工作，每年寒暑假，她都要带着一双儿女去嘉峪关探亲。

每学期开学第一课，齐老师必然会给我们讲去嘉峪关的种种见闻。这些话被我们带给父母，很快就在附近几个村庄传了个遍。甚至被走亲访友，赶集上会的人们传到了外县。

我们把老师的话当作新鲜事讲给父母时，多少有些猎奇，但这些话到了父母耳朵里却变了味。因为父母们不相信世上有一种土地叫戈壁滩，不打粮食，寸草不生；不相信有一种城市叫绿洲，水贵如油，树贵如娃；不相信有一种地方很寒冷，一年到头，一半供暖……于是，齐老师得了一个外号"齐大嘴"。

齐老师的儿子小龙和我们是同班同学，他为了抄近路，常常从学校围墙的豁口处翻出来，找我们玩耍。大多时间，我们都玩得很开心。有时候，大人开齐老师的玩笑，我们故意跟着起哄，他为了证实母亲的话，常常与我们争执，有时候赌气流泪，转身就翻回了学校；有时候，他也为我们带一些嘉峪关的小玩意，我们又打打闹闹，玩得忘记了回家……

时光如梭，长大后我们各奔东西，我们大多留在了家乡，小龙去了嘉峪关。逢年过节回来，大家相聚，常常拿儿时的事打趣他。

这个夏天，我第一次踏上了这片土地，游览天下第一雄关嘉峪关时，首先想给齐老师和小龙道歉：请原谅村民们的无知，请原谅我们的童言无忌。

我在古戏台前看戏时，小龙发来了信息。我想起往事，忍不住哑然失笑。嘉峪关是长城上最大的关隘，也是中国规模最大的关隘，设计巧妙，细节处颇具异域风情。戏台上演的是古装大戏，但在导游的指点下，我们关注的却是戏台。戏剧具有高台教化之功，戏台两侧书写有对联：离合悲欢演往事，愚贤忠佞认当场。

此联高度概括了古往今来人间世事的演义变化及戏曲演出场所的功能作用，我们读了连连称好。初看，这座戏台并无稀奇之处。木制屏风把戏台前后台分隔开，屏风正中央绘制八幅人物图，是人们熟知的"八仙"内容，顶部为中国传统图案"八卦图"。关键在于两侧的一组风情壁画，画的是和尚和尼姑，还有尼姑庵和她们豢养的宠物。这些绘画内容在其他戏台上是非常少见的。我们细细观之，不由得颔首微笑。导游告诉我们，古人看戏，不仅是图热闹，更是为了探消息，就像我们现代人看新闻联播。因为他们中的有些人，可能离国别家几十年了，国内说不定早已改朝换代……

那边传来了战鼓声，原来是一群武士正在表演古代征战的节目。感谢这些演员的精彩演出，一下子将我们带入了金戈铁马、人喊马嘶的战争年代。历史上，眼前这片平坦空旷的戈壁滩上，曾经多少次血流成河……就连诗仙李白也不禁感叹："长风几万里，吹度玉门关。汉下白登道，胡窥青海湾。由来征战地，不见有人还。"

我对这里的瓮城，还有柔远门、光化门两处城门印象深刻，它们分别寓意"怀柔而致远、安定边陲""紫气东升、光华普照"，反映了人们渴望安定富足生活的美好愿望。今天读来，细细品味柔远、光化之意，亦觉得意味深长。

边关重地，局势变幻不定，所以嘉峪关城墙建得厚实高大，固若金汤。以前，关里的宵禁制度极严。将士百姓都居于城中，时辰一到，关门紧闭，就连鸟儿也插翅难飞。相传，古时有一对燕子筑巢于嘉峪关柔远门内。一日清早，两燕飞出关，日暮时，雌燕先飞回来，等到雄燕飞回时，关门已闭，不能入关，遂悲鸣触墙而死，为此雌燕悲痛欲绝，不时发出"啾啾"之声，一直悲鸣到死。死后其灵不散，有人以石击墙，就发出"啾啾"燕鸣声，似在向人倾诉。当时，人们把在嘉峪关内能听到燕鸣声视为吉祥之声，将军出关征战时，大人就击墙祈祝，后来发展到将士出关前，带着眷属子女，一起到墙角击墙祈祝，以至于形成一种风俗。今天，我以手叩墙，虽是玩乐，但虔诚之意不改。

傍晚时分，小龙驱车带我们参观了悬壁长城和天下第一墩。悬壁长城是嘉峪关西长城的重要组成部分，陡峭直长，气势雄伟，垂若悬臂，有"西部八达岭"之称。天下第一墩古称讨赖河墩，是明代万里长城自西向东的第一座墩台，是明代长城的西端起点。我们到达时，早已过了下班时间，电话一时联系不上管理处，因此无法入内参观，但那位高大威猛，坚守岗位的守门人给我们留下了难忘的印象。也许，只有他们才真正懂得把守好边关城门的意义。此行虽然仓促，小有遗憾，但也让我们对嘉峪关长城有了全面的了解。西天的太阳落得晚，我们几乎是和太阳赛跑。去时，红日似火，云霞如锦；归时，明月如钩，夜静如水。临别时，我们对着悬挂在天下第一墩城门楼上的那一轮明月，默然无语。这月色太孤独，太纯净，太凄冷，吟一句"秦时明月汉时关，万里长征人未还"，不由人眼眶微润。

嘉峪关市因关得名，因企而设。小龙和他的朋友们热情好客，为了让我们在最短的时间内多了解嘉峪关市，他们还联系了嘉峪关气象台管理处，让我们登塔参观，一览全城风貌。夜里十点多了，我们是最后的一拨客人。我们站在塔顶，随着导游指向的湖泊、铁人三项比赛场地、酒钢厂望去，整个城市灯火辉煌，宛如祁连山下的一颗明珠，顾盼生辉。

夜深了，我们依然在享用小党红柳烤肉、土豆片、杏皮水。这是一家已经获得非物质遗产称号的老店，是嘉峪关人招待朋友的必来之地。

酒喝干，再斟满，今夜不醉不还。

似曾相识燕归来

离开武威前，忽然获悉鸠摩罗什寺就在我们下榻的酒店附近，我喜出望外，急忙前去瞻仰。

鸠摩罗什与真谛、玄奘、义净并称为我国古代四大译经家，并位列其首。同时，他还是佛学家、汉语言学家、哲学家、音律学家、星象学家，是被世人公认的汉传佛教的奠基人。同时，鸠摩罗什也是我的长篇历史小说《璇玑图》中的主要人物，岂能不拜？

鸠摩罗什生于龟兹王族，身世十分离奇，少年时代已经名满西域。前秦天王苻坚曾在梦中与其相见，非常渴慕得到这位少年高僧。苻坚多次派人以重金罗致鸠摩罗什，都被龟兹王白纯严词拒绝。苻坚一怒之下，派吕光率七万大军远赴西域招致鸠摩罗什。吕光的父亲因思念儿子伤心过度，撒手人寰。

吕光率兵攻入延城，望着富有异国情调的宫室，哈哈大笑道："这么多的神佛也保佑不了龟兹王！"吕光是一介武夫，根本不相信神佛之说。他听说鸠摩罗什以前每升狮子座说法讲经，西域诸王纷纷俯身当凳，便融化了纯金的宝座，为每个士兵镶了一颗金牙。然后，他又强迫鸠摩罗什娶阿竭耶末帝公主为妻。可怜的鸠摩罗什在强权的逼迫下，于酒醉状态下破戒了。

吕光在龟兹横行霸道，鸠摩罗什便反复劝说他返回长安。途中遭遇食人蚁，鸠摩罗什命士兵扔掉金牙，关好帐篷，点起熏香，闭目诵经，终于躲过了劫难。到达武威（古凉州）后，吕光闻听天王苻坚为姚苌、姚兴父子所害，想起鸠摩罗什"中道自有福地可居"的预言，便驻军凉州，祭奠苻坚，自立为王，建国后凉。

古凉州城中原有一处台观，吕光命人大兴土木，修建寺院，让鸠摩罗什居住其中，弘扬佛法。鸠摩罗什圆寂后，他的弟子们遵其遗嘱，将他的"舌"舍利供奉于寺内，并在供奉"舌"舍利的地方建起罗什寺塔。

1600多年来，鸠摩罗什寺几经毁坏，但有幸都得以重建。最为神奇的一次重建是在大唐贞观年间。相传尉迟敬德大将军远征西域时，行至武威地界，看到城内一座古寺塔顶上金光四射，宛若千佛降世；祥云环绕，好似花羽飞舞，于是前往礼拜。尉迟敬德见到罗什寺塔后心生敬仰，于是下拨饷银，召集能工巧匠，亲任监工，历时数年，修复罗什寺，并立碑为记，上刻"罗什地基，四至临街，敬德记"。此碑现珍藏于武威市博物馆。修建后的罗什寺初具规模，成为佛教气息极为浓郁的修道场所。宋元年间，凉州在很长时间内属于西域吐蕃领地，与汉文化长期隔绝，加之战争频仍，凉州地界上汉晋六朝以来的建筑物大都被损毁。

眼前的鸠摩罗什寺是 2000 年开始修复的，殿堂高大，气象万千。进入寺院，首先映入眼帘的是传印长老手书的"罗什塔院"四个金色大字。高高耸立的罗什塔，正处于寺中心。塔身悬挂金铃，塔顶饰有金箔，八角十二层，整体造型非常精巧。虽然是清晨时分，鸠摩罗什塔前已经有了三三两两的信徒，他们焚香跪拜，样子十分虔诚。我们采风团一行见状，对这位西域高僧更加敬仰。

塔后方为鸠摩罗什纪念堂，内塑鸠摩罗什大师铜像一尊，此像气韵生动，眉目传神。殿内四壁是一组巨型连环画，简要介绍了大师一生的丰功伟绩，特别凸显了大师在凉州十七年弘法和生活的片段。

就在我们参观完大雄宝殿，正欲离开的时候，忽然，几大群燕子从我们头顶掠过。胡燕、沙燕，有人叫道。燕群好像听到了我们的呼唤，不停地在我们旁边飞来飞去。一时间，天空中满是呢喃之声。

"无可奈何花落去，似曾相识燕归来。"这燕群莫非来自白家，来自我的家乡陕西咸阳？我喃喃自语，不禁想起了那段悲伤的传说。

话说吕光称王后，日渐骄奢，每每思想起父亲，便暗暗仇恨鸠摩罗什。为了报复，吕光让鸠摩罗什夫妻分居，并声称这是在弘扬佛法，替天行道，以正视听。

这一分开就是十七年，这时长安城已是后秦姚兴的天下。一天，太史上报姚兴，称树木连理、葱变白芷，国家大定，有大德智者当从西来，入长安辅佐国君。姚兴心知此大德智者定是鸠摩罗什。于是，先礼后兵求得了鸠摩罗什。正当鸠摩罗什吟诵着诗歌，沉浸在到中土长安翻译佛经弘法利生的喜悦之中时，坐在第一辆马车上的阿竭耶末帝公主，在佛光的普照下，逐渐觉悟。

突然，马车侧翻，在头部被撞的那一刻，阿竭耶末帝公主的心灵完全为佛光所笼罩，她彻底清醒了，彻底觉悟了——我不能魔障鸠摩罗什了，他有弘法译经的重大使命，他是佛陀派至东土的使者，他要把佛陀的思想、智慧、光芒，带给被杀盗淫妄贪嗔痴慢纠缠的东土苍生，他要拯救那些在水深火热中的众生。

站在咸阳古渡，望着眼前碧波荡漾、黑鳗赤鲤游动其中的滔滔渭河，阿竭耶末帝公主想纵身一跳，在这条美丽的河流里结束自己的生命。没想到，这时候，鸠摩罗什喊着她的名字走了过来。也好，在生命的最后时刻，有心爱的男人陪伴，也不枉活一世。望着一身僧衣的鸠摩罗什，阿竭耶末帝公主感到情欲的魔障又来了，折磨着她，诱惑着她，让她放弃轻生的念头。"不，我不能犯五逆重罪，佛陀，宽恕我……"

阿竭耶末帝公主朝鸠摩罗什送去了最后一个微笑，便咬断了自己的舌头。

"阿竭耶末帝！"鸠摩罗什抱着心爱的妻子放声恸哭，"你怎么能这样？怎么能这样？我们已经到东土了，你说过，要同我一起翻译佛经、弘扬佛法，你怎么就这么走了？"

北风呼啸，渭河两岸干枯的芦苇丛在风中摇曳，彤云密布的天空下起了一场漫天大雪。纷纷扬扬的雪花在西北风中漫天飞舞，皑皑白雪覆盖了渭河古渡、咸阳城和所有的山川树木，厚厚的雪花落在鸠摩罗什的肩头，冰冷的风雪吹打着这位高僧大德泪痕犹存的面颊……

鸠摩罗什按照关中风俗，将阿竭耶末帝公主安葬在咸阳古渡的一处土丘上。人们把阿竭耶末帝公主的坟墓叫"白冢"。令人感到神奇和迷惑不解的是，此后，每年清明节来临的时候，都有一种名叫胡燕的鸟儿，成群结队地在荒草覆盖的"白冢"上飞来飞去。人们说，这是龟兹国的燕子，不远万里，飞越千山万水，前来寻找它们的公主。

今天，这一群群胡燕，可曾在白冢上歇过脚？

今天，这一群群胡燕，是否如我们一样来探望鸠摩罗什大师？

燕群阵阵，在我们身旁回旋飞舞，好像在叮嘱我们什么，又像是在和我们依依不舍地告别……

千年一瞬

著名的建筑学家梁思成先生曾经对爱妻林徽因说，如果，今生有机会去敦煌一次，他就是"一步一磕头"也心甘情愿。

平凡如我，踏入敦煌之前，心头的那份虔诚绝不亚于梁思成先生。

我曾经无数次想象过你的样子。你应该金碧辉煌，你应该高耸入云，你应该神秘莫测。

我曾经无数次念叨着你的名字。莫高窟，漠高窟，意思是沙漠的高处，抑或是说没有比修建佛窟更高的修为了。

我也曾无数次幻化成"天花乱坠满虚空"的飞天仙子，身轻如燕，长裙飘曳，彩带环绕，迎风飞翔于佛国的穹顶。

意料不到的是，迎接我的并不是朝思暮想的洞窟佛陀，而是两部奇幻的动感电影。那穹幕式的电影画面太震撼，一孔孔变幻不定的神秘洞窟，似乎携裹着佛陀的力量，或者古老的催眠咒语铺天盖地而来，直直指向眉心，使人一阵眩晕，一瞬间仿佛天旋地转，阴阳交错，时光倒流。好在导游已经提前提醒过我们，感觉不适，可以闭上眼睛。我与大多数观众一样，闭目聆听。那充满磁性的语言，依然不依不饶，直抵心扉，一瞬间，我仿佛已在星空里飘荡，在大漠里跋涉，在大地上修行了一世。

在没有一睹"庐山"真面目之前，我已恍惚入定，似乎大彻大悟，又似乎懵懂无知。

脚下发软，似踩在了棉花上，我就这样一路飘飘忽忽到了你的面前。谁知第一眼望过去，你不过就是一溜其貌不扬的山崖。我哂笑，如果穿越千年，我在大街上看见被悍妻责骂的苏格拉底，也许不敢相信他大脑里那些闪闪发光的智慧就产生于一地鸡毛之中。

是黄沙把你的容颜掩藏，是岁月将你的荣耀剥蚀，还是烈日让你的神力消减……你默默无语，任人论说。我积攒了多年的渴盼、期望，瞬间坍塌成了玩世不恭。

你低矮的门楣淹没在天南海北的游客中。咔嚓咔嚓的拍照声让你终日不得清静。路旁的白杨树仿佛要与你一比高低，它们枝繁叶茂，树干粗大，撑起大片大片的阴凉，快要让人忘记此行为何而来。

佛曰：不可说，不可说，一说即是错。

你一言不发，敞开胸怀迎接每一位远道而来的客人。

我无法想象：千年前的壁画色彩如此鲜艳夺目，恍若画工刚刚离开；千年前的塑像造型居然如此生动传神，掸掉积尘好像呼之欲出；千年前的祖先如此聪明灵巧，早就洞悉了蒙娜丽莎微笑的秘密……

走近些，再近些，细细品味。那雄伟浑厚、慈眉善目的佛祖，那玲珑精巧、表情生动的小仙，那高耸入云、气定神闲的大佛像……不经意间记录了历朝历代的风土人情、起伏盛衰；那布满四壁的经变图上、飞扬的胡旋舞者、反弹琵琶的飞天、九色鹿救人的故事、释迦牟尼成佛的传说、树上生锦衣的大胆想象、500岁新嫁娘的传奇……不知浓缩了多少代人的智慧；那大大小小的神龛、造型各异的藻井、形形色色的供养人、表情夸张的异域男女……无不印证了在乐尊之后，佛门弟子、达官贵人、商贾百姓、善男信女都来这里捐资开窟的千年历史。

仅仅欣赏了对外开放的十几座洞窟，我已相信——走入莫高窟，就是走入了墙壁上的图书馆，就是走入了古建筑、雕塑、壁画三者相结合的艺术宫殿，唯有惊讶，赞叹，膜拜！

请原谅我的有眼无珠。面对你，除了惊讶、赞叹、膜拜，就是惊讶、赞叹、膜拜！

莫高窟，你是佛的世界，是安放心灵的沃土，是放牧灵魂的家园。我愿匍匐在你的脚下，倾听神灵对话，领会艺术奥妙，参悟人生真谛。

一念心清净，莲花处处开。

过了莫高窟，荒无人烟，旅人们自然生出"西出阳关无故人"的孤寂感。进入茫茫大漠，生死未卜，游子们难掩"一去紫台连朔漠，独留青冢向黄昏"的苍凉意。此时，一声阿弥陀佛，胜过世界上任何灵丹妙药。一瞬间，我看见佛陀那欲言又止的双唇仿佛要说出千言万语，那慈悲为怀的眼眸似乎洞察了悲欢离合，那法力无边的手掌正在抚平世间所有的伤痕疼痛……

膜拜吧，一句"佛祖保佑"，陪你上路，山高水长，不再孤独；膜拜吧，一句"我佛慈悲"，伴你归来，喜乐年华，感恩常在。

你守在大漠边关，佛光如塔，温暖了心灵，照亮了前方，灿烂了回家的路。

那传说中的佛光，曾经照亮了前秦沙门乐尊绝望的目光。乐尊坚信这里便是佛祖圣地，顶礼膜拜之后，决心在这里拜佛修行，便四处募捐，在悬崖峭壁上开凿了第一个洞窟。此后，这里的热闹繁华，从4世纪一直延续到了14世纪。朝拜者络绎不绝，香火不断。

三危山顶上的那一轮夕阳变得矜持，残阳如血，光芒万道，仿佛千佛现身，又好像香音佛在金光中飘舞的胜景，可遇而不可求。而乐尊以开窟塑佛之法将传说中的佛光永远定格在了洞窟之中。这布满山崖，大大小小700多孔洞窟，仿佛佛陀一双双慧眼，永远注视着东方大地，护佑着他的万世子民。

千年的繁华锦绣，在近代一度落下了帷幕，漫天飞舞的黄沙将这一眼眼洞窟封存。莫高窟沉睡百年。如果不是王道士，这里也许还会沉寂更久，藏经洞里的万卷经书也许不为人知，敦煌壁画也许不会惨遭破坏，敦煌遗书也不会遗散于世界各地……驻足藏经洞前，每一位朝拜者都会忍不住要感慨一番……

如果可以假设，我宁愿让这大漠的风沙吹得更猛烈一些，好把你淹没在厚厚的沙尘中，如乾陵一般长睡不醒。

历史不容假设。恩格斯说，我们根本没有想到要怀疑或轻视历史的启示，历史就是我们的一切。

当西方工业革命进行得如火如荼的时候，正是大清朝"天朝上国"美梦破碎的时候，这注定是中华民族的悲哀，也注定是敦煌莫高窟灾难的开始。

斯坦因之流的文化骗子来了一个又一个，陷于内忧外患的清政府哪里有保护文物的闲情。清帝退位，民国内乱不止，加之日寇入侵，人们处于水深火热之中，连性命都难以顾全，谁还记得大漠深处的敦煌呢？

历史不会停下脚步，就像河流永远在奔流。这苦难的一瞬永远铭刻在中国人的心里。幸好，世界上除了斯坦因，更有常书鸿、段文杰、樊锦诗……他们放弃了大城市的优越生活，甘于清贫寂寞，在这远离尘世的佛国世界里，研究保护文物，临摹整理壁画，创立敦煌学，为后世保留下了这份美好。他们是真正的敦煌守护神、大漠隐士、敦煌儿女。他们用自己的坚守让饱经沧桑的敦煌莫高窟重新焕发出了勃勃生机。他们用一生的心血书写了敦煌莫高窟最精彩动人的一瞬。

张大千慕名而来，流连于一座座洞窟之内，临摹作品 276 张，他说："如果不是喜欢，我不会来；如果不是喜欢，我来了也会走。"

"莫高窟，举世莫能高。瑞像九寻惊巨塑，飞天万态现秋毫。瞻礼涌心潮。"这是赵朴初对你的礼赞。

河西走廊上的风吹向了四面八方，敦煌莫高窟的名字再一次响彻世界。

敦煌莫高窟，你是千年未解的谜，你是参不透的经文，你是永远做不醒的梦。有人说：看到了莫高窟，就看到了整个人类的古代世界。太阳底下没有新鲜事。战争杀戮，和平安定，爱恨情仇，生死轮回，改朝换代，兴盛衰落……这一切，在佛的眼里，自有定数。我等凡夫俗子，在佛陀的世界，不要问为什么。唯有相信，相信佛家所言：在日常生活里积德行善，修养身心，保持觉悟的心，活在此时此刻，活得心安理得即是福分。

"人生可怜，流光一瞬，华表千年。江山好处追游遍，古意萧然。"文物不会永存，敦煌莫高窟也是如此，但附着在文物上的记忆不会消失。总有一天，莫高窟将会以另一种姿态出现，也许后人只能从电视、电影、照片、书籍中欣赏你的美了。而我，唯愿有生之年，牵手爱人，摇落一路驼铃，再次走入你的梦中，书写千年一瞬，一瞬千年的传奇。

又见敦煌

未曾离开，思念已经疯长。

敦煌，你是让人一见倾心、再见难舍的传奇。

临走时，我在敦煌莫高窟的门楣前留影，双手合十的刹那，竟然魂不守舍。这种感觉就像一个孩子，面对着无数好玩的玩具，正玩得起劲，却要被大人强行带走。

敦煌，世界四大文明交汇地，你有多少故事、多少人物、多少秘密……值得大书特书。两千一百多年的丝绸之路，一千六百多年的莫高窟，还有新兴的敦煌学……无不期待着我们去发掘。而我，与你匆匆一晤，转眼就要分别，实在是遗憾万分。

被誉为中国最具创新精神的导演王潮歌，也许深谙每位朝圣者的心理——千里迢迢来到敦煌，仅仅欣赏了两个电影短片，参观了十几个洞窟，真是意犹未尽，心有不甘呀！她集合了国内顶尖艺术家，历时两年创作的《又见敦煌》，以全新的观演模式带领着我们进行了一次"古今穿越"，让我们领略到了"一带一路"开放、包容、合作、共赢的精神。

步入《又见敦煌》的室内情景体验剧场，你会误以为走进了《朗读者》的现场。一张张放满书本的吧台、一个个手持讲义的朗读者，让满满一大厅的观众渐渐变得安静下来，聆听历史，走近敦煌，认识敦煌……

舞台在哪里，演员在哪里，观众席又在哪里？这时，你又误以为自己闯入了时光隧道，或者迷宫。

满腹疑窦的我们被灯光牵动着神经——变幻不定的追光灯照耀之处，总会出人意料地出现一位朗读者，白衣黑裤的学院派风格，酷似年轻时代的常书鸿。

正当我们像麦浪一样摇摆不定时，音乐响起，灯光闪烁，左右两壁和中间的T形台上，出现了一组组造型各异的历史人物。那是历史复活了，丝路复活了，敦煌复活了——神秘的传丝公主，威武的敦煌将士，淳朴的边关百姓，风流潇洒的诗人，仪态万方的宋国夫人，温文尔雅的常书鸿……他们或者从地底冒出，或者从天而降，或者从大漠归来，边走边讲述着他们的悲欢离合……

"在剧场中，行五十步，你已穿越百年。"不知不觉中，我们已随着灯光来到了第二剧场。为斯坦因搬送经书的挑夫们，正在自责，为了生活，他们不得不出卖苦力和尊严，可他们良心未泯，他们还要坚守心中的最后一道防线——抹红。抹完红，他们就是另外一个世界的人，即使做了迫不得已的坏事，佛祖也不会怪罪他们。现在，他们已经是红脸魔怪，但依然不愿启程，他们跪地哭喊："老天爷，饶恕我们吧！"令人十分动容。这时，常书鸿——敦煌守护神质问王道士："你为什么要把老祖宗留下来的东西卖给洋人呢？"振聋发聩，说出了每个人心头的疑问。而表情猥琐的王道士，却满腹委屈地辩解："我不知道呀……没有人管呀……"让人听了，越发痛心疾首。"起来吧！孩子，你们没有错。"莫高窟里的佛陀探出身来，齐声回答。挑夫们动身了，一时间天昏地暗，电闪雷鸣，人神共愤。无数的神佛破壁而出，此起彼伏，似乎要飞离莲花宝座，又像要挣脱千佛洞的束缚，阻止这场灾难……

"行百步，你已穿越千年。最后，你也许与自己的心见面。"灾难无可避免，历史残酷得让人不愿意正视。灯光明灭交替，历史翻开了新的一页。观众在不知不觉中被分成了十六组，分别进入不同的"洞窟"，与玻璃屏幕里的"古人"对谈。你将走向哪里，你将遇见谁？这一切都不可知。你只有听从命运的召唤，进入属于你的，唯一的洞窟。

玻璃隔开了现实与虚幻。征夫刚刚启程，思妇心中的离恨已如春草更行更远更生。驼铃摇碎的一地春梦，长夜难挨的闺中哀叹，杀声震天的生死决战交叠出现。"可怜无定河边骨，犹是春闺梦里人"的悲凉心酸，"烽火连三月，家书抵万金"的喜出望外，"醉卧沙场君莫笑，古来征战几人回"的豪迈洒脱轮番上演。"我的故事已深埋在大漠黄沙之下，你想要知道，就要慢慢寻，慢慢找了。"说完这句话，美丽的古代女子又隐身"洞窟"之中，而我来不及挽留她，又被人流携裹着进入了真正意义上的剧场。

刚一坐定，梦境般的舞台已牢牢吸引住了我的目光。大漠黄沙之中，湖蓝色的剧场在阳光下熠熠闪光。水，是沙漠中最珍贵的意象，水是生命，水是希望，水是美好。老百姓在雨中狂欢的景象，犹如原始森林中的百兽乱舞，没有经历过巨大的绝望和狂喜的人难以体悟。丝路，是敦煌莫高窟中最应该浓墨重彩的一章，凿通西域的张骞固然令人怀念，而张义朝派出的送信人，九死一生，到达长安，面见圣上时高喊的那句"丝路通了"更加酣畅淋漓，大快人心。而敦煌的博大精深，唯有以歌咏之，以舞贺之。"祖国呀，我是你河边上破旧的老水车，我是你山间的清风，我是你大地上的谷物……我是你的一千年，我是你的一瞬间……一转眼，只是一转眼，梦已醒……一瞬间，就在一瞬间，一滴泪流了一千年……一转眼，一阵痛已痛了一千年……一瞬间，风为你流泪，天为你心碎，雨为你枯干……一瞬间，就在那一瞬间，梦已经破碎，人已经消散，岁月已晚矣……"

走出剧场，晚九时许，敦煌的天空霞光万丈，辉煌灿烂。我心潮澎湃，大步朝着天边走去，想要驾起五彩祥云，翱翔于历史的天空，高唱一曲：苍天黄，黄土黄，千年一梦大敦煌，秦时明月云天上，汉家宫阙在何方？……

哈密农家乐

在哈密，阳光像个被娇惯坏了的孩子，肆意地释放热量。我们动用了所有的防晒用品，一个个遮阳帽、太阳镜、大披巾，外加面罩，仿佛天外来客。

参观完哈密王府和现代农业示范基地，品尝完甘甜的哈密瓜，已是中午十二时，地上像下了火，走动一两步就会满头大汗。有人提议去摘哈密瓜。"哈密瓜甲天下"，瓜以地得名，地以瓜闻名。到了哈密，要是能去地里自己动手摘个哈密瓜，该多有意思呀！

哈密虽然遍地都是哈密瓜田，但这么热的天气，地里会有人吗？我表示怀疑。

果不其然，走了一路，瓜田里没有一个人影。没有就对了，在这样热的天气里干活，要不了多久就晒成"人干"了。

"有人，那边地里有两个人"，有人大喊大叫。真的有两个年轻人在树荫下搬运哈密瓜。我们呼啦啦拥过去，站满了阴凉地，感觉似有不妥，赶忙退到了旁边的树下，看着他们汗流浃背地干活。树下停放着一辆摩托车，车把上挂了两份手抓羊肉米饭，应该是他们的午餐。一会儿，我们就要去当地人家里吃传说中的手抓羊肉饭，想必就是这种。

"阿达西（汉语的意思是朋友），亚克西姆塞斯（汉语的意思是你好）。"一位开电瓶车的新疆小伙子热情地和我们打招呼，我们就像见到了救星一样围了过来。车很小，一次只能坐十个人。"老人和女士先上车，先生们请稍等。"小伙子友好地说。我们谦让着让前辈们乘车先行，耐心地等待小伙子回来。

不到十分钟，小伙子又回来了，我们欢天喜地地坐上车，男士们不甘人后，集体急行军。满车的女士们爱心爆棚，要过男士们的背包相机，方才启程。小伙子教我们说新疆话。光是一个"你好，再见"，就让我们开心了半天。

哈密是典型的温带大陆性干旱气候，村庄一律是土黄色的泥墙泥屋，屋顶无瓦，多是单层或者双层拱式平顶，家家户户基本上都有一间用土坯砌成晾制葡萄干的晾房。这种天然的土黄色非常柔和，与周围的树木相映成趣。哈密乡村很安静，我们走进农户家中，用新学的"阿达西，亚克西姆塞斯"和女主人打招呼。她家的院子很大，干净整洁，分为前后院，前院一侧搭有凉棚，棚顶爬满葡萄，靠墙一面饰有民族风情的彩色帐幔，地上砌有一长溜土台，上面铺着彩色毡毯，摆放着方桌。主人邀请我们围坐在方桌旁，我们想要模仿古人席地而坐，坚持不了几分钟已经腿脚酸麻，互相打趣了半天，也没有找出最佳坐姿，只好随意坐卧。

吃罢瓜果，我们喝茶聊天。半晌，饭菜陆续上桌，原来哈密气温太高，饭菜不好贮存，必须随做随吃。传说中的手抓羊肉非常鲜美，但人手一份的羊排炒米饭上桌后，比较油腻，不是很适合我们的口味，我们赶忙叫停。因为在哈密，乃至整个新疆，人们对于水和食物都充满了感恩之情，按需取食，绝对不可以浪费。女主人很通情达理，她非常尊重我们的要求，立即熄灭了炉火，走出厨房和我们愉快地聊起天来。

"阿达西，霍西！"

"朋友，再见！"

"阿达西，亚克西姆塞斯。霍西！"

"朋友，你好，再见！"

简单的话语在风中回荡，阳光似乎已经不那么耀眼了，哈密农家的祝福伴随着我们走向远方。

一个人的奎屯

我从未到过奎屯，可在新疆采风时，文友们一路上都在念叨说奎屯就是咱陕西大作家红柯待过的地方，那股亲切劲儿仿佛是在说自家兄弟。这话听多了，我自然就对奎屯有了亲近之感。

进疆十余天了，眼看就要到达奎屯了，大家都很期待。突然，我们乘坐的旅游大巴在高速路上爆胎了。有人说："莫急，莫怕。奎屯这地方是咱陕西人的福地，红柯在这儿待了十年，文章越写越好。如今，陕西师傅补胎的手艺更是闻名全疆。"

因了这一点，大家站在路边等候时，心情并不急躁，仿佛我们不是在旷野之中等待救援，而是上天的恩赐，让我们与这苍茫大地多亲密接触一会儿。

一辆破旧的卡车出现了，两个朴素得像蓬蓬草的乡党下了车，朝着我们憨憨一笑，就熟练地拆卸起轮胎来。他们一个趴在车底下，一个蹲在地上，鼓捣了一阵子大巴车就好啦！司机发动了大巴，朝着两个乡党伸出了大拇指。我们欢天喜地地重新坐回开着空调的车里，燥热一扫而光，感觉天堂也许不过如此。两位乡党开着卡车走远了，车身上鲜红的四个大字"老陕补胎"格外醒目。

奎屯这地方对咱陕西人真不赖，大家的话题又扯到了红柯老师的身上。我与老师素未谋面，但特别喜欢阅读他的《美丽奴羊》。老师文字当中的异域色彩是其区别于他人的特殊符号。今天我走在奎屯街头，感觉这里高楼大厦林立，行人来来往往，似乎与内地的小城没有任何区别。其实，20世纪50年代，兵团人初到奎屯的时候，这里却是一片荒漠戈壁。

奎屯与新疆其他新兴城市一样，都是在一穷二白的基础上发展起来的。这些城市的发展史就是一部微缩的现代史。红柯老师在书中讲道："从地窝子开始，兵团人必须经过人类原始阶段的洞穴生活……数万将士的作业区泥浆泛滥，蚊蝇飞舞，战士们发明许多土法子，戴纸帽子，只露两只眼睛，身上涂满青泥。师长和政委也学战士们的样子，脑袋上扣一个纸帽子，奇形怪状的一群人在万古荒原上开天辟地……有个锡伯族军官家在伊犁，带回几斤玉米种，第一批玉米就长出来了。被苏联专家宣布为棉花禁区的地方，人们种出了棉花。……许多司空见惯的事情，在兵团人手里有了一种创世的意味。坎土镘、人拉木犁、二牛抬杠，原始农业也仅仅一二年，地开出来了，苏联的拖拉机、康拜因联合收割机也过来了，原始与现代就这么迅速、这么直截了当。"

我的五伯，一位参加过抗美援朝的老兵，是这段历史的亲历者。每次探亲回来，他都要讲住地窝子、栽防护林抗风沙的艰难。我们折断树苗打闹，在他看来简直是在犯罪。他毫不客气地责备我们："新疆最淘气的孩子，敢打架敢拼刀子流血，也不会去伤一棵树。"当时我似懂非懂。这次在新疆一路走来，目睹了戈壁滩的荒凉与绿洲的繁荣，我相信就算是铁石心肠的人，也会从这鲜明的对比当中看出一棵绿树、一滴水，在荒漠之中意味着什么。

树木阻隔了风沙，保护了庄稼，人才能活命。新疆人对树天生就有一种敬畏之心。作家杭盖老师的童年是在草原上度过的，他说："小时候，我和弟弟抬水要穿过荒漠，翻越一座沟。走在荒漠上，时不时就会踩到一堆白骨，就能听见野兽的叫声，心里很害怕，但也得硬着头皮往前走，要不然家里就要干锅断顿。回家的路很长，我们兄弟俩抬着水，如果能看见一棵树，就像看见了一尊佛一样欣喜……"这些话在红柯老师的文章里得到了印证——十年后我离开奎屯时，那些小树全长成高大的林带了。维吾尔族人的神话传说里，他们的祖先乌古斯汗是从树洞里诞生的……如果女人不生孩子就到树林里住几十天，祈求树精降灵于身，可以生养健康勇敢的孩子。

"早穿棉袄午穿纱，围着火炉吃西瓜。"这句话形象地写出了新疆气候多变的特点。我们在盛夏七月间游览新疆，既感受了火焰山的高温炙烤，又经历了巴音布鲁克草原的阴晴不定，那拉提草原的温暖如春，唯独没有感受到奎屯的寒冷。冬天的奎屯有多冷呢？红柯老师说："奎屯是蒙古人喊出来的，成吉思汗的大军途经奎屯，正值隆冬，领略了欧亚大陆无数寒冷的地方，蒙古兵都没有吭声，大军沿着天山北麓过了乌苏，有个蒙古兵就叫起来了'奎屯，奎屯'，译成汉语就是'寒冷，寒冷'……1986年我成为奎屯市民，我也领略了中亚腹地的寒冷，在内地是没有过的，太阳穴发疼，额头像要裂开了，气都出不来，寒冷是很有力量的。各个民族在不同时期对寒冷的感受沉淀下来就有了奎屯这个地方。"

无独有偶，近日，我去法门寺拜访一位文学前辈秦川老师，他谈起了当年鼓励红柯老师去新疆工作的往事，非常动情，喃喃自语道："红柯是累死的。可惜呀！那是个多么爱书的人呀！那是个真正搞文学的人呀！"

老师在文章中坦言——受益于盛唐诗人壮游天下的豪举和古波斯诗人萨迪"诗人应该是前三十年漫游天下，后三十年写诗"的忠告，毕业留校一年后西上天山，执教于伊犁州技工学校，利用带学生实习之机漫游天山南北十年，收集各民族神话史诗传说民歌，1995 年底回陕西居小城宝鸡十年，2004 年底迁居西安。

老师是爱书之人，他 1983 年开始发表作品，1985 年大学毕业后参加工作，至今 30 多年间，四次搬家，主要搬的是书，像牧民转场似的，沿着丝绸古道，沿着秦岭——祁连山——天山，从关中到西域，又从西域到关中，有点"八千里路云和月"的意思。大学毕业时，他一个穷学生已经藏书上千册，1995 年冬天回陕西时藏书达 5000 册。临行前，他卖掉家具电视自行车，一次性拿出 2000 多元，专门找熟人去自治区出版社，买走所有民间艺人的音像资料，因为那些老艺人都不在了，这些资料再不保存就要失传了。2004 年，老师调往省城时，个人藏书达到上万册。

每个作家身边都有一口生活的井。新疆遍地都是故事，可以入书的素材俯首皆是。红柯老师曾经很有感触地对学生说："人在新疆，写作成了一种必然……一个在中原长大的汉人，在新疆广阔无垠的戈壁滩上，在草木漫膝的大草原上，人会不由自主地去寻找自己的影子，会寻找天上的太阳和月亮星星。"新疆的历史和现实滋养着红柯老师，人们称赞他是"西部文学骑手"。

他离开了新疆，他的心却依然牵挂着新疆。2006 年 6 月 6 日下午 6 点，在宝鸡渭河边的小房里，老师完成了《乌尔禾》，也打破了他热天不能写作的惯例，是乌尔禾绿洲上《黑黑的羊眼睛》让他打破了这个常规。在完成《乌尔禾》的一个月后，红柯老师再次去了新疆，心里很平静："我已经用一部长篇完成了我的乌尔禾，包括这块绿洲上的兔子与羊，包括绿洲以外的广袤戈壁。"

老师说过："给自己机会吧，一个人想要成为什么样的人，最终他会成为什么样的人。"老师上学时胆小腼腆，历练多年之后，老师的个性发生了很大的变化，但他身上那种朴实坦率劲儿从来没有变。文友们请他写序，只要对方的文字好，他便欣然答应，全然没有一点大作家的架子。此类扶掖后辈和文学新人的小事最见人品，故而常被文友们念叨。

我本来是有多次机会去听老师讲课的，却因为工作忙碌错过了。我以为来日方长，谁知道人生无常，有些东西错过了便是阴阳永隔，难以弥补。对于老师的突然离去，许多人都无法接受。是天妒英才！是文学愚人！是压力山大！一言难尽。但我知道，老师并没有真正离去，他的生命之树依然四季常青。因为老师曾说："亲友的离世让我想念哈萨克族传说中的生命树，那永恒的创造天地万物的常青树上，每片叶子都有灵魂。"

陕西师范大学校长游旭群在告别红柯老师的追悼会上说："人有两个寿命，一个是生物寿命、一个是社会寿命。红柯虽然生物寿命短暂，但其社会寿命却会穿越历史，跨越国界。他注定要成为一棵兀立荒原的树，生命有限，但奇崛不倒，会成为永久的生命风景。"

走过奎屯，才能完整地了解红柯老师。我站在古城四月的寒风中默念：红柯老师走好！

与一条河相逢

与一条河相逢，就像认识一个人一样需要机缘和时间。

泾河就是这样一条让人期待的河流。

初见泾河，是在彬州大佛寺前。其时，夕阳西下，水面波光粼粼，似乎每滴水中都藏着一个神奇的传说。

第二次见到泾河是在泾渭分明处，两条河一清一浊，旗鼓相当，界限分明。河与河之间也有认识接纳的过程，前浪来不及握手言和，后浪已汹涌而至，那就缓缓靠近吧。

最近一次见到泾河是在郑国渠风景区。初冬，我们慕名前去拜访白描先生，先生带我们游览了郑国渠风景区。在景区，我平生第一次见到了泾河大峡谷。峡谷藏身于仲山深处，谷深崖陡，泾水似练，远山如黛，景色异常壮美，被誉为"关中第一大峡谷"。

我惊呼关中平原上居然有如此深邃险峻的峡谷，就像巨人把大地深处的秘密袒露出来让人欣赏。

到了有"关中小三峡"之称的峡谷上游，我发现两岸陡峭的崖壁上有大小不等的石窝、石坑。白描先生说这都是流水"蛀"出来的，叫"壶穴"。岩壁坑洼不平，水流到了小坑处就会形成涡流，涡流里边夹杂的泥沙小石子，就像刮刀一样，在坑内不停旋转，亿万年之后就形成了无数个"壶穴"奇观。滴水石穿，水的力量如此巨大，令人不可思议。可以想象在夏季发大水的时候，泾河如发怒的猎豹，奔腾而下，那磅礴的气势足以撼山震岳！

至此，我才认识到了泾河充满野性的一面，也理解了古人为何选择在此开渠引水的原因。我为古代工匠的智慧而拍案叫绝，也为自己的孤陋寡闻而惭愧。

其实，郑国渠风景区位于泾阳和礼泉两县交界处，驶入关中环线即可到达，距昭陵三公里，一点儿不偏僻，却养在深闺人未识，究其原因，主要是十几年前

这里还是人迹罕至处——方圆数十公里范围内，既无村庄人烟，也没有道路通行。大峡谷位于泾河出山的峪口前，是泾河冲出群山峻岭，流入关中平原的最后一关，当地人称为龙口，是个"四无"地区——无人、无路、无电、无通信信号。

如今，这大自然的神奇造化能够呈现在世人面前，应归功于一个人——赵良妙，一个颇有传奇色彩的温州水利工程师、实业家。2004年，赵良妙第一次来泾阳，无意中发现泾河大峡谷是建水电站的好地方。他说干就干，拉起人马，购买设备，挎包里装上陕西省测绘局的地形图和李仪祉1924年写的《勘察泾谷报告书》，沿着八十年前李仪祉的足迹开始勘探泾河大峡谷。进出大峡谷没有路，他们跋山涉水，翻越悬崖峭壁，硬是踩出了一条路。他亲自带队，肩扛设备，渴了喝山泉水，饿了啃干粮泡方便面，晚上就在帐篷里席地而眠。半年多时间，他把李仪祉书中描述和记载的吊儿嘴、花家窑、黑沟等处，全都走了个遍。

2009年7月，赵良妙苦心修建的3台水轮机仅仅运行了52小时，全部报废。罪魁祸首居然是泥沙。泾河自古就有"泾水一石，其泥数斗"之说。电站试运行期间，正是洪水期，河水中夹杂了大量的泥沙。虽然他们采取了相应的措施，但还是低估了泥沙的破坏力——高速运转的泥沙无异于威力强大的子弹，水轮机的叶片如何承受得起？

如今，这废弃的3台水轮机就摆放在水电站的旁边，无声诉说着这段惨痛的历史。2010年4月，经过改良机器，文泾水电站重新发电，运行正常。赵良妙打了一个翻身仗，按理应该过上逍遥的日子了，可他心中另一个梦却愈来愈清晰。

这个梦是在勘察水电站时就萌发的——把2000多年的郑国渠文化遗存和具有亿万年历史的泾河大峡谷打造成名胜景区。赵良妙打造景区，并非心血来潮，是因为他永远也忘不了第一眼看到泾河大峡谷时，那种震撼，那种狂喜，那种眩晕——仿佛一幅壮丽无比的画卷把他的魂勾走了，让他心心念念牵挂着它。

2017年9月15日，赵良妙筹集十几亿元打造的国家AAAA级旅游景区——郑国渠风景区对外开放，游客蜂拥而至。赵良妙也声名鹊起，被泾阳人称赞为"现代愚公"。

人们在欣赏泾河沿岸原始绝美的风光时，很自然地想起了从这条河上派生出的郑国渠以及修建此渠的郑国。郑国是个水工，也是个间谍。公元前246年，秦王嬴政刚即位，郑国被韩王派到秦国修渠"间秦"，后因计谋暴露差点被杀。在生死关头，郑国坦承：疲秦之计乃韩王所思，然水渠修成，不过为韩延数岁之命，为秦却建万世之功（《汉书·沟洫志》）。富有远见的秦王认可了郑国，让他继续筑渠。十年后工程竣工，大大改变了关中农业区的面貌，使八百里秦川成为富饶之乡，也为秦国的强盛和统一六国奠定了经济基础。

郑国渠是关中最早建设的大型水利工程，与都江堰、灵渠并称为秦代三大水利工程。2016 年 11 月 8 日，郑国渠成功申遗为世界灌溉工程遗产。消息传来，举国沸腾。刚在北海参观完灵渠的白描先生更是激动不已，下定决心回乡了却一桩夙愿——重访郑国渠，为故乡写一本大书。

先生此次回乡，终于结识了乡亲们交口称赞的赵良妙。初次相见，赵良妙鞋子沾满泥巴，肤色黝黑泛红，与工地上干活的工人无异。但在参观景区时，赵良妙指着河道内大小不一的八十一个水潭，说它们被泾河穿成一串明珠，也是一种上天的隐喻——人生难免有磨难，即使经历九九八十一难也不应该停止奋斗，而要像这河水一样勇往直前，奔向目标。先生听了深以为然，赞他是"当代郑国"。

奔涌流动，汇入大河，认准目标，义无反顾，是河流的使命。

这，不也正是郑国、李仪祉、赵良妙等人身上最感人的工匠精神吗？

人间烟火

那天并不是什么正日子，武功城隍庙前的小街上却人来人往，煞是热闹。卖香裱的店主和摊贩个个喜笑颜开，那对炸麻花的老夫妇生意兴隆，他们张着没牙的嘴巴和买主不停地说说笑笑。这菜籽油的香气极像小时候妈妈炸果子的味道，我们的馋虫被勾起来了，杜主席经常接待文朋诗友，深谙文青们的心思，立即提来了一捆冒着热气的麻花。我们为了维护淑女形象，不免推辞一番。杜主席奉劝大家别客气，这麻花主要卖给各地的香客，烧香拜佛讲究心诚则灵，各地的老娃婆（方言，即热衷于烧香拜佛的老太太）一个比一个来得早，这卖麻花的一会儿就收摊了。听了这话，我们顾不得矜持，把笑不露齿、当街不食的训诫抛到了一旁，一人一根麻花，当街开吃。

快到城隍庙前了，我们一见那气势非凡的牌楼、山门，赶紧把手中的麻花消灭完。虽说我们算不上善男信女，但是拜见城隍爷还是郑重一些为好。早听说武功城隍爷是唐太宗李世民敕封的都城隍爷，素有"天下城隍戴相帽，唯有武功城隍佩王冠"的美誉，其府邸想必与别处不同。今日有幸一游，果然名不虚传。先是戏台前方，钟鼓楼两旁，北方罕见的四棵杉树，就让人眼前一亮，暗暗称奇。它们高大挺拔，青翠欲滴，仿佛英姿飒爽的卫兵守护着这千年古殿，又像四根巨擘撑起朗朗乾坤，让人感觉头顶的这一方青天格外神圣、悠远、平静，冥冥之中似乎真有神人护佑。再看大殿顶上那一片明晃晃的琉璃瓦，在阳光下金光闪闪，让人肃然起敬，不敢直视，生怕冒犯了皇家威仪。前、后殿外，烛火缭绕，跪满了香客，她们有的虔诚地上香，有的把带来的香裱一张一张揭开，折成花朵样，有的围在一起述说自己烧香还愿的经历……煞是热闹。

步入大殿内，只见城隍爷头戴王冠正襟危坐，城隍婆慈眉善眼和蔼可亲，让人不免想起俗世的慈母严父，顿生亲近之感。前来烧香者，多半是心有所牵，抑或是遇到不如意之事，甚至是飞来横祸，难免一脸愁苦，但听了还愿者满脸喜悦，言之凿凿的讲述，心内暗生希望，晦气似乎扫去大半。杜主席绕到殿后，让大家看那一排排小窑洞。几乎每一孔黑乎乎的小窑洞前都跪着一个中老年妇女，她们喃喃自语，边低语边烧纸。一股热气在树丛中升腾奔跑，一种宗教的神秘气息似乎随着这光与热飞上天际，一阵令人心脏骤停的窒息感使我们悄然逃离。莫非那里是人与神对话的禁地，任何窥探与揣测都是对天意的大不敬；莫非那火光正在荡平人间的不平与卑劣，袖手旁观将会阻止光明与温暖的回归；莫非苍天正在悲悯伤怀，感叹芸芸众生的愚顽，蝴蝶翅膀煽起的风也许会改写某个痴男怨女的命运。让我们远离这与世隔绝的一隅，给苦难一个释放的出口，给生命一个缥缈的未来，给神灵一方施法的净土，也给自己的灵魂留一条安静辽远的退路。

"头顶三尺有神灵"，这是父母长辈告诫我们，人生天地间，要不欺天，不欺地，要心存敬畏，不能为所欲为。烧香还愿这一古老的习俗流传至今，与其说是封建迷信，不如说是逆境时的自我鼓励和心想事成后的感恩戴德。其实世间有几人能参透福祸相倚的道理呢？面对飞来横祸，不怨天尤人，不束手待毙，不推诿逃避，想方设法化险为夷就是有担待之辈。实在无计可施，求神拜佛，寻求精神安慰也是人之常情。反过来说，如果灾难能让人觉醒，临时抱抱佛脚，心有所依，不再孤独无助，增添些许与灾难战斗的勇气也算是神佛的一大贡献。如果因此而开悟、改过，懂得收敛自己，岂不是神佛的又一桩功德？所以，明代状元武功人康海说："人敬神而获福，神依人而庙享；人以诚感神，神以灵佑国。此幽明自然之理也。"

朋友婚后多年不育，婆婆带着她出入各大医院，同时也四处求神拜佛。后来终于心想事成，喜得贵子。孩子满周岁之后，婆婆带着她四处还愿，感谢神灵护佑。经过这一番折腾，朋友变得活泼开朗，善解人意，眉眼中多了几分豁达。

人不能欺天瞒地，烧香时人都是被迫无奈，还愿则是讲诚信重然诺。母亲说我很小的时候，她抱着我走亲戚，一位老婆婆说："这是一个福娃娃，将来在外面有口饭吃。"这话经过亲戚友人的发酵，愈传愈神。母亲由此慢慢养成了初一在家烧香，逢年过节上寺庙拜佛的习惯。耳濡目染，我也见庙磕头，见佛就拜，但从来不敢发什么宏愿大誓，只求家人平安、健康。佛家讲："众生皆有佛性。"佛是开悟了的人，人是没有开悟的佛。母亲是我心中的佛，永远看护着我，指引着我，使我不致迷惘。

求神拜佛的大都是中老年女性。她们生活范围小，气量不大，遇事无法化解，有苦难以诉说，神佛就成了她们最好的求助对象。尤其是上了年纪的女人，子女长大成人，人生的重担已经卸掉，人世的恩恩怨怨随风飘散，是时候和自己的内心和解对话了。西方国家的传教士、神甫很受女教徒的信赖，很多女性忏悔时会把心底的秘密全盘托出，以求解脱，却常常被人利用，成为引发悲剧的导火索。相比之下，中国的神佛永远缄口不言，更值得敬畏。

其实在古代，男子事佛，虔诚不在女子之下。且不说《西游记》中的唐僧和无数乐善好施的居士，眼前的城隍庙就与唐太宗有关。史载唐太宗李世民出生于武功别馆，有二龙之瑞，有神人曰："龙凤之姿，天日之表，年几冠，必能济世安民。"武功老百姓十分爱戴这位千古明君。杜主席便如数家珍般讲起了李世民的故事。话说新皇登基，百废待兴，天下并不太平。贞观二年，陕西大旱，李世民四处巡察，碰巧看到武功的乡亲们在城隍庙里求神祈雨，便跪倒默声许愿。不知是李世民的真情打动了城隍，还是久旱必雨的缘故，当天下午，天空就被乌云笼罩得严严实实，到了晚上就下起雨来。

太宗祈雨武功城隍庙这是一说。还有一说是唐太宗李世民梦游地狱，前有滔滔血水河难渡，后有恶鬼索命，正犯愁时，来了一名体魄俊伟的男子，将他驮过了河。第二天早朝，李世民向群臣们讲述了梦境，并让吴道子依其所说的衣着外貌画成图像，在全国寻找。多方寻找，无果。后来，李世民见到武功城隍很像梦中之人，明白是这位乡党帮了自己，于是加封武功城隍为辅德干，连升三级，端冕垂旒，以王者自居。

平头百姓许愿之后，一旦梦想成真，一般都要按照所许之物虔诚地还愿。李世民贵为天子，一言九鼎，还愿的动静自然小不了。贞观四年，天下大治初见成效。李世民拨库银扩修都城隍府，为城隍赏王冠，赐朝服，塑金身，扬美德。有皇家财力做坚强后盾，能工巧匠和善男信女们，充分发挥聪明才智，巧妙地将数以千计的飞龙、游龙、卧龙、走龙、盘龙刻画在殿堂牌楼的屋面、房脊、墙体、梁坊和台柱上。又把亭楼殿堂的全部外檐与所有房脊、滴水、瓦当换成皇家级的琉璃龙吻和脊兽，以显示这座御封的都城隍府的尊严与富贵，同时也表达了对家乡的这位真龙天子的无限崇敬。

贞观六年，都城隍府修葺竣工，富丽堂皇，气象万千。李世民率领文武百官参加竣工庆典，写下了"日食三餐常想农夫辛苦，身穿一缕当思线女勤劳"的名言，要求各级官吏忧怜百姓，躬行节俭。随后，又颁旨免武功县两年赋税，赦武功死罪以下囚徒。有了这么神奇的背景，武功城隍爷想不红都不行。从此之后，武功都城隍府名声越传越远。人们遇到旱涝收种、生老病死、官司讼判、科考升迁的事，都要求城隍老爷保佑他们平安渡过。所以，一千多年来，武功城隍庙的香火绵延不绝。

"城隍"一词的本义是护城之壕沟，城隍神即守护城池之神，事关一城百姓的安危，绝非儿戏。城隍——神界的地方官，也就是神界在城中的最高长官，备受古代官民的青睐。常言说："县官不如现管"，城隍爷扎根民间，又能手眼通天，一句话就可能左右满城军民的生死存亡，所以封建社会君王们对城隍十分尊崇，使城隍的地位一路走高。

如今，社会变迁，许多人对城隍爷所知甚少。但到了武功，看到这么多善男信女仍然供奉着他们心中的城隍爷，不由得让人心生感动。透过这虚无缥缈的人间烟火，我看到了求平安、讲诚信、重然诺的淳朴民风在武功这片古老神奇的土地上代代相传。我相信勤劳善良、吃苦耐劳、诚实守信的武功人将会书写出更加动人的传奇。

谷雨拜仓颉

　　今天是春季最后一个节气——谷雨。天公作美，昨夜下起了一场透墒雨，真可谓："好雨知时节，当春乃发生。随风潜入夜，润物细无声。"花草树木经过雨水濯洗，个个鲜艳明媚，清新脱俗，远远望去满眼新绿，十分招人喜爱。

　　说到谷雨可不能忘了一个人——"字圣"仓颉。据《淮南子·本经训》记载："昔者仓颉作书而天雨粟，鬼夜哭。"说的是仓颉成功造字感动玉帝，上天曾为这一带降下一场谷子雨以示嘉奖，后人因此把这天定名"谷雨"，成为二十四节气中的一个。于是民谚有"清明祭黄帝，谷雨拜仓颉"一说。

　　据传说，仓颉，原姓侯冈，名颉，号史皇氏，生于陕西省渭南白水县。《说文解字》记载：仓颉是黄帝时期造字的史官，被尊为"造字圣人"。传说上古时期，人们苦于结绳记事的困难，黄帝便命他的史官仓颉创造文字，于是仓颉上观天象，下察地理，研究鸟兽足迹，终于以六书造出了福泽后代的文字，被后人尊称为"字圣"。从此，华夏民族告别了结绳记事的时代，人们由蛮荒岁月转向文明生活。

　　几年前，我初睹圣颜，只觉他双瞳四目，天生神异。后来细观其雕像，"龙颜四目，生有睿德"，神情自若，四目灵光，满脸好奇惊喜之色，十分传神。心想：二郎神也不过三只眼，恐怕天地之间也只有这样的天眼常开，独具慧根的灵异怪才，方可当此造字大任。不觉为古人想象力如此之丰富而叫绝，难怪仓颉像有"雕塑史上一杰作"之誉，难怪父老乡亲在家乡为他建庙设祭，对他顶礼膜拜，香火绵延千年不绝。

　　仓颉庙，位于白水县城东北35公里处的史官乡，是国内唯一仅存的纪念文字发明创造者的庙宇，属国家级文物保护单位。根据史料记载，早在东汉延熹年间已有"建庙之举"并形成一定规模。所以，有文字可考的庙史已有1800余年，无文字记载的历史，据民间传说，则可上溯到黄帝时代。庙内石碑多座，皆是书法史上名贵宝物。今存碑16通，尤以《仓圣鸟迹书碑》最为珍贵。其中《广武将军碑》曾失落千年。于右任先生于 1920 年得见其碑拓，喜曰"千年出土光腾射""老见异物眼复明"，挥毫大书"文化祖庙"四字并让工匠刻成大匾，悬于庙门。

庙院内古树参天，郁郁葱葱，生长茂盛。庙里有 48 棵古柏树，树龄均已上了千年。这里的古柏论起年龄来，可比山东曲阜孔庙、黄帝陵的古柏都长寿，居我国三大古柏群之首。48 棵古柏都有漂亮的名字和动人的传说。以年龄最大的仓颉手植柏"奎星点元"为首，从庙门口的"惊贼柏"，西北角围墙外的"不进柏"，到庙里面的喜鹊柏、柏抱槐、青龙柏、白虎柏、猴头柏、蛇身柏、凤鸣柏、孔雀开屏、二龙戏珠、干枝梅、宝莲灯等，千姿百态，妙趣横生。

最近几天，白水县有热闹的仓颉庙会。虽说相距不远，我却无缘前去祭拜，谨以只言片语，遥拜仓圣，略表心意。且不说文字一出，惊天地，泣鬼神，"天雨粟，鬼夜哭"的震撼，只谈文字为我们编织的瑰丽的文学世界，可与日月争辉，可与天地同寿。《诗经》《离骚》、唐诗、宋词、元曲、明清小说如浩瀚海洋，余韵流长；《周易》《论语》《春秋》《史记》微言大义，博大精深；李白、杜甫、唐宋八大家、四大名著历久弥新，灿若星辰……名门大家，传世之作，令多少文人墨客竞折腰；清风明月，诗情画意，让莘莘学子迷恋不已；治国安邦，忠心爱国，使历代书生忧国忧民……我如迷途羔羊，徜徉文山书海之中，穿越无形之疆界，体察古今，不觉神思飞扬，如醉如痴，不思来路去处，但求肆意汪洋，心有灵犀，天涯比邻，知己永存。

试想，在我们脚下这片神奇的土地上，曾经发生过多少惊心动魄的历史事件，曾经诞生过多少影响深远的伟大人物，关中大地曾经上演过多少盛衰荣枯？朝代更迭，兵荒马乱，太平盛世的传奇故事……这一切没有湮没在历史的尘埃中，反而因文字而永生，大放异彩，永葆青春。文字以独特的魅力，为我们开辟了沟通古今的驿道，连接着过去与未来，承载着思想和知识，滋养着华夏儿女的精神和血脉，充实着生命和心灵，开阔了眼界……试想，如果没有文字，我们如何继承祖先积累的知识和经验？我们的世界将多么晦暗无光，我们的生活会是何等模样……

然而苏子"人生识字忧患始，粗记姓名便可休"的名言，多少反映了文人学者的苦闷和无奈。的确，人一旦读书识字，就会被这样那样的思想所改变，或为功名，或为济世，何尝一丝一毫看得开？得亦忧，失亦忧，不得不失更忧。盛世不宦，乱世不显，不隐不达更令人忧。思考的孤独与寂然，又如何向人诉说，也许知道的越多，痛苦越多。的确，读书有时候会带来许多困惑，但是书读多了，大都可以用自己特有的思想和学识解脱。到达一定高度者，便可以代圣人言，著书立说，宣扬大义。对于一般人来说，著书立说也许是负累，可是对于圣贤之人却是一种责任和向往，有责任有希望，人生便更有方向和价值。可笑我还算不上一介书生，居然先患上了文化人咬文嚼字的毛病。

范仲淹"先天下之忧而忧，后天下之乐而乐"的忧患意识，历来为读书人所称道。天下兴亡，匹夫有责。试想，读书人如果不忧不问，则读书何用？识字何用？从某种意义上说，读书识字可以使自己的生命有更深的含义，使一个人有更多的精神追求。所以孔子给了天下读书人一个标准答案——穷则独善其身，达则兼济天下。

在这样寂静的谷雨之夜，雨水不知为谁而流，春天又在为谁而明媚？而我愿意自作多情地以为这样的夜晚，应该留给干净、纯真、智慧的文字。

水湄

古老的黄河在洽川伸了个懒腰，身子扭向了山西，河床里的小秘密，慢慢地显山露水。

几眼瀵泉（此地独有的由地表喷涌而出的温泉）终年不息地喷涌着，那眼在一圈芦苇掩映下的神泉，水温宜人，入水不沉，芳名"处女泉"，好似犹抱琵琶半遮面的仙子，风情万种。

暮色降临，大姑娘、小媳妇像一尾尾快乐的鱼，哧溜溜滑进了泉中。叽叽喳喳，莺莺燕燕。那个明天出嫁的女子一脸飞红，连月亮也羞答答地躲进了云层。是夜，董永路过，能否留住美丽的七仙女呢？

相传关雎和鸣的诗篇最早在洽川古道唱响。那封王子（周文王）写给灰姑娘（太姒）的情书，流传成了经典。诗中的窈窕淑女太姒，出嫁前夜，轻移莲步，搅碎一地月光，滑进了雾气缥缈的处女泉中。

人们相信太姒一直幸福快乐、文王永远聪慧如神，却大度地忽略了文王妃嫔无数、子女成百的事实。

王子与灰姑娘的美丽童话，在弹丸之地的古有莘国回响千年，那流星一般耀眼的爱情千古传唱。

上古遗风似乎还隐匿在水的角落里，楚楚动人的窈窕淑女，你在何方？

蒹葭苍苍，白露为霜；所谓伊人，在水一方。

我愿溯流而上，寻找她的芳踪。

相隔千年，还能找到失传的爱情密码吗？

那个在处女泉沐浴的女子，柔情似水，顾盼生姿。

我要相信一滴水吗？是爱情的苦，还是爱情的甜？

无数眼细沙涌动，抚摩我的脚掌、脚踝、双腿，丝绸一般的轻薄，闪电一般的颤栗，仿佛呢喃地诉说千百年前的爱情神话就是这般深情款款。

闭上眼，冥想，飞翔，在水中飞翔，飘飘然如凌波仙子，御风而行。

身轻如燕。如果以荷叶做舟，我会载歌载舞，旋转到地老天荒。

豪华的宫殿里，箫管悠悠，弦乐声声，千媚百娇的赵飞燕正在掌上翩翩起舞，君王意醉神迷。那一刻柔情蜜意荡气回肠。

心儿醉了，暮色还在遥远的天外。

芦苇轻扬，有一行白鹭优雅地掠过。

碧波荡漾，似有窈窕淑女款款而来。

在水的怀抱中，长醉不醒。温柔似水将身体消融成一尾快乐的鱼儿，面向阳光，五彩斑斓。

有鱼儿划过指尖，这纯洁如水的生命或许是天外使者。莫非他们来自泉眼所连接的彼岸——那个深不可测的地下世界？

风被岸上的芦苇骗走了，牵红线的月下老人打盹去了。水面默默无语，就像爱情里一厢情愿的缺憾总是太多，两情相悦的欢喜永远稀缺。一颗火热的心，在深深的彼岸世界里兀自熊熊燃烧。

我忘了做一朵白莲，无风自婀娜。

天依然亮着，谁来唤醒沉睡千年的神话？

我听见岁月的使者，且歌且舞，信手弹奏一曲《关雎》：

　　关关雎鸠，在河之洲；窈窕淑女，君子好逑。
　　参差荇菜，左右流之；窈窕淑女，寤寐求之……

武侯祠记

乙酉年夏，去汉中游玩，有幸瞻仰了武侯祠。武侯祠位于勉县境内，是后主刘禅封给武乡侯诸葛亮的祠堂。按古制祠堂应修在故土，而诸葛亮生于山东沂南县，由于当时正值乱世，山东不归蜀国所有，故封武侯祠于勉县武乡（地名为巧合），即"借地封侯"，一借千余年。尽管后人在各处建有武侯祠纪念诸葛亮，唯有勉县武侯祠为刘禅御批，似乎这里就成了诸葛亮的故乡了。

武侯祠坐南向北，布局紧凑。祠内绿树成荫，珍稀草木随处可见，旱莲、紫薇、凌霄、白果等花木将院落装点得幽静清雅，望之脱俗。

我们穿过琴楼，来到拜殿，只见阶前香火鼎盛，缭绕不绝。殿门边冯玉祥将军题写的"成大事以小心一生谨慎，仰风流于古迹万古清高"引人注目，是诸葛亮一生的光辉写照。拜殿内，石刻、匾额星罗棋布，俱是珍宝。步入大殿，只见诸葛亮塑像光彩照人，端坐于堂上，羽扇纶巾，自然风流。双目更是生动传神，透着睿智和从容之气，似有锦囊妙计呼之欲出，真可谓"羽扇纶巾天下士，文经武纬后人师"。堂下有一对童子端茶奉水，左右有张苞、关兴两员虎将守卫。大殿正上方，清朝嘉庆皇帝御赐"忠贯云霄"的九龙金匾乃镇祠之宝，与塑像群相得益彰。

纵观华夏历史，千百年来为人将相者枚不胜数，死而后已、鞠躬尽瘁却鲜有胜过诸葛亮者。为什么上至统治者、下至普通老百姓都如此敬爱诸葛亮？为什么时至今日，在陕南这块土地上仍然到处流传着诸葛亮的故事？我想不仅仅因为他是"三代遗才"，是天文、地理无所不晓的智慧化身；不仅仅因为他是运筹帷幄、决胜千里的军事家；不仅仅因为他是一心兴复汉室、勤政爱民的政治家，更因为他与刘备之间的知遇之恩、朋友之谊、君臣之情、托孤之信感天动地。这份忠诚、义气、信赖、一诺千金，在那个乱世中尤显可贵。即使在他位高权重时，也对昏聩无能的后主忠诚不贰，全心全意收复中原，真是"君子坦荡荡，忠魂贯云霄。"

这份诚信，在今天仍熠熠生辉，光耀后世。

步出大殿，路转琴台。微风送来汉江阵阵涛声，田野里碧波万顷，定军山英姿挺拔。遥想先生当年病卒于五丈原，归葬于定军山下，"出师未捷身先死，长使英雄泪满襟"，令人扼腕长叹。据说当年岳飞北伐，夜宿南阳武侯祠，拜读诸葛亮的《出师表》，泪如雨下，夜不成眠，坐以待旦，天亮索笔墨，挥毫疾书《出师表》。神笔配佳文，使两颗伟大灵魂蕴藏的赤胆忠心、精忠报国之情穿越千年时空，融会在龙飞凤舞的书法艺术中，流传在临《出师表》"不泣下、不忠也"的佳话里。

游罢武侯祠，我们来到石门水库边一水上餐厅，凭栏而坐，品尝着鲜美的褒河鱼，谈笑风生。脚下碧波荡漾，远处绿水依偎在青山脚下，水雾嬉戏于峰顶云端。阵阵水汽徐徐袭来，沁人心脾，真不知天上人间也！我想古人金戈铁马、驰骋疆场，追求的不过就是我们今天这份雅静、安逸的生活吧！

风动一庭花

村庄的浮光

四月，春光明媚，草长莺飞。朋友们相约去礼泉袁家村游玩，我早听说那里是关中风情游胜地，便欣然允诺。七家人组成浩浩荡荡的车队，一大早出发。

途经新时，路边的千亩桃花灿若云霞，蔚为壮观，我们不禁驻足欣赏。孩子们一溜烟钻进了桃园，一个个占树为王，爬上爬下，互相打斗。可怜桃树花枝乱颤，花瓣纷纷坠下，落红遍地，令人不忍落脚。我们好说歹说才将孩子们哄下树来，谁料地头的水渠又成了他们的新目标，他们扔石块，玩泥巴，不一会儿变成了一群小泥猴。

孩子们玩得尽兴，不觉已过了午饭时间，大人孩子一个个饥肠辘辘，上车直奔袁家村先填饱肚子。不承想游人太多，车队已排到了村外二三里，我们只好下车步行，人困马乏，顾不上看文庙等景点，就直奔主题——先大吃一顿。填饱肚子之后，我细细打量一番大名鼎鼎的袁家村，果然名不虚传，真有气派。两排青砖小洋楼，中间种植一行硕大的雪松，幽静典雅，超凡脱俗，一墙之隔是条仿古的旅游街，古今并存，相映成趣。突然，远处传来一阵高亢的秦腔戏，惹得孩子们恨不得立即从花墙的窗户钻过去看热闹。

我们一路小跑，追着孩子们拐入旅游街，一大片绿地上满是有趣的好玩意。男孩子们打闹着去玩大型木制玩具，女孩子们文文静静的，有些看鸭子在池塘里凫水，有些拔青草喂绵羊。我信步走进街口的戏院，偌大的舞台上竟然空无一物，热闹全是高音喇叭制造的，我不禁哑然失笑。戏院旁一只戴着暗眼的毛驴正在拉磨，慢慢吞吞地转了一圈又一圈，旁若无人。豆腐坊、油坊、酱醋坊、酒家、染坊、磨坊沿着小水沟一字摆开，古香古色，饶有意趣。染坊里的纺车、织布机使我倍感亲切，因为我小时候，奶奶白天织布，夜里纺线，嗡嗡的纺车声常常伴我入眠。今天突然见到这么熟悉的物件，难免睹物思人。恍惚间，我仿佛看见缠着小脚的奶奶盘腿坐在炕头上纺线，嘴里为我念着"女娃乖呀女娃巧，女娃绣个花荷包。

绣着绣着眼泪花，门前来个书娃娃。制服口袋把笔插，不大不小正十八……"

阳光斜照着店外的一把旧竹椅，我靠着椅背晒暖暖，温暖惬意。一缕残阳，一道浮尘，乡村的黄昏闲适平静一如从前，美中不足的是少了炊烟袅袅的氤氲之气（现代化的村庄已没有几家烧柴火了）。静坐在异乡的街头，我竟然没有一丝的陌生感。年华似水，生活起起伏伏，几多喜忧飘散，唯有儿时在乡村安静自由的快乐忘不掉，唯有淳朴动听的乡音改不了。阳光、宠爱、自然的田园风光真是上天送给孩子们最珍贵的礼物，是滋养孩子们一生的精神食粮。看孩子们开怀大笑的样子，我知道有些东西亘古不变，有些地方让人终生留恋。

关中风情游览胜地，道不尽秦川人的前世今生，说不完黄土地的世事巨变。旧日的浮光掠影，沉淀在了古老的起居日用器物之中。我默默无语，等待着孩子们玩够了，好奇地指着纺车问我："这是什么，干什么用的？"

耦园杂感

在一个细雨缠绵的日子，我们来到了耦园。园门之小之简实在出乎我的意料，窄窄小小的两扇木门，毫不起眼，门的正上方是砖刻的"耦园"二字，在白砖黑瓦的映衬下，朴素得如同路边的一簇水草。待进入门内，厅内只有几张长条凳，更让我诧异，听了导游的讲解才知原来这里是马夫歇息之所。进入二道门厅，终于有了简单的桌椅，但这里也只是来客等候之处。一盏茶的工夫，板凳还没坐热，主人还未回应，便是知趣离开之时。到了第三道门厅，终于见到了精雕细琢的红木家具。宾主分东西落座，寓意东道主喜迎稀客。这也是园主沈秉成、严永华夫妇闭门谢客、深居简出、归隐田园、修身养性的生活写照。

耦园的"耦"字是通假字"偶"，对于其名，历来众说纷纭。但是耦园因沈秉成夫妻双双隐居于此而闻名，却是不争的事实。耦园三面萦河，一面临街，东西为花园，中部是住宅。大厅外正对着黄石假山，遮挡住了主人的居所——双照楼。这是江南园林常用的障景法，以免一眼望去，一览无余，满园美景尽收眼底。那天游人不多，我们因故未去西园，只游了东园。出了大厅沿着曲曲折折的那个被命名为绚廊的长廊朝东而行，花墙上雕刻精美的窗户古朴典雅，各不相同。转弯抹角处，或一簇翠竹，或一树芭蕉，让人目不暇接，惊喜连连。可谓移步换景，处处皆景，景随人移，人景交融，如同画在眼前走，人在画中游。

走过逶迤的长廊，来到了女主人平日弹琴赏景的女亭。世间罕见的红木雕花门楣为园中一宝，格外引人注目。旁边稍高的是男主人听琴的吾爱亭，小巧精致。可惜没有见到男女主人各自独立的双书房，不免有一丝憾意。不过东园美景已让我流连忘返，西园不游也罢。世间之事，不可强求，随缘就好。睹物思人，试想沈秉成夫妇在经历了多年的宦海沉浮后，不惜财力，精心筑此爱巢，安享晚年，每日游园赏花，吟诗赋对，焚香弹琴，互为知音，恩爱相伴，犹如神仙眷侣。在这优美的人间天堂，沈严二人诗情画意般的隐居生活，历来被后人称颂，真是"耦园住佳偶，城曲筑诗城"。难怪苏州人把这个充满柔情蜜意的去处别称为夫妻园。新人喜结连理前，大都会牵手走遍园中的角角落落，祈求婚姻美满。这里美丽的圆洞门，横看成岭侧成峰的黄石假山，"东园载酒西园醉，南陌寻花北巷归"的载酒堂，临近护城河的听橹楼，"凭塘籍祖，当观枕流"的枕波轩，野气沉山的受月池……无一不留有一段动人的传说，无一不勾起人们对美好爱情的向往。

　　游完布置精美的双照楼，我们像旧时的苏州人一样出了后门，坐上小船。船娘摇着橹唱着姑苏小调送我们去码头。耦园渐行渐远，感触却愈来愈多……看看身边围城中的朋友，或多或少对婚姻有一些无奈，也许真的是相爱简单，相处太难；也许真的是梦想美丽，现实残酷；也许真的是诱惑太多，道行太浅……我更觉得是少了一份超然物外的心境，少了几许悠然和澄净的情调，少了一种对天意缘分的敬畏……深陷红尘的我们被物质异化，被欲望扭曲，被压力折磨……我们对自己早已失去冷静，难得有耐性用一辈子去经营婚姻；我们渐渐失去了自我，又能拿出几分真情真意信任生活？我们心中梦想太多，沉重的爱无处安身……也许真爱只是一个美丽的传说……

药王遗风

　　一千多年前，在今天陕西耀州孙塬，出生了一个男孩。这个小孩幼年因"吾幼遭风冷，屡造医门"，经常求医问药，以致"汤药之资，罄尽家产"。不幸的童年，贫困的家境，促使他发奋读书，十岁被誉为"神童"，成人后更是才华横溢，满腹经纶。他曾经受到三位皇帝的册封，却不肯为官，宁愿布衣一生，隐居山野，钻研医术，悬壶济世，为黎民百姓解除病痛。这在当时的文人皆以"颂短文、构小策，以求仕途"的社会风气下，在"朝野庶士，或耻医术之名""医治之术，阙而弗论"的社会怪象中，是十分难能可贵的。这位青年视功名富贵如过眼云烟，却执着地选择了从医之路。他就是我国历史上赫赫有名的药王——孙思邈。

　　一千多年后的今天，我有幸来到了这片神奇的土地，追寻药王当年的踪迹。这里翠柏成荫，深谷幽涧，真是一个清净自在的好去处。沿着石阶缓缓而行，随处可见被游人抚摸得油亮发光的石像。据说摸一下这些石像可保身体健康，十分灵验。路遇几位老人，腿脚不甚灵活，却坚持爬上山顶，虔诚地朝拜药王，祈求祛除百病，平安健康。在他们的感染下，我的心也变得更加虔诚。

　　终于来到了药王雕像前，只见他神情俊朗，飘逸若仙。我神思飞扬，想象着一千多年前这位儒雅风流的才子四处拜师学医，研习医书，常年与樵夫为伴上山采药的情形；想象他像神农尝百草一样以身试药，认真研究药性，反复配制"华佗云母丸"的情景；想象他医术高超，不断修改配方，治病救人，解除民间疾苦的场景，不由得对执着和勇敢的他充满了敬意。也许这山上的每一寸土地都留有他的踪迹，这山上的一草一木都曾经是他治病救人的良药，这山上的每一缕清风永远也不会忘记他灯下苦读的身影。药王好像还隐居在此，他也许是去青山的高处采药了，只是"云深不知处"罢了。

　　斗转星移，眨眼间青春不再，昔日少年郎已是白首老翁。据说药王活到了141岁，是罕见的高寿之人。这位令人敬仰的老寿星，常年在青灯下伏案疾书，总结多年行医之心得，潜心修改药方，历经数载，终于为后人留下了宝贵的《千金要方》，同时创建了气功等健身活动，总结出了一套"自慎、节护、调养、内炼"的修身养性、治病防病、健康长寿之道。他用一生的亲身实践证明了，自秦汉以来，上自君王、下至百姓长期寻求的长寿秘诀关键在于后天养护和调理。更令人赞叹不绝的，是他在一千多年前就倡导"妇人与幼子为天下之本"的理念，与我们现在常说的"祖国的未来在母亲手中"十分接近。而他从医学的角度提出了一套科学的受孕、生产育儿的方法，与我们今天提出的优生优育如出一辙。

"昔人已乘黄鹤去，此地空余黄鹤楼。黄鹤一去不复返，白云千载空悠悠。"药王虽已驾鹤西去，只有一山一庙供人凭吊，然而千百年来他一直都活在爱戴他的老百姓的心中。他刻苦钻研中医学的精神、他辩证的中医理论和配伍科学的各种药方穿越了千百年的时空，代代流传，至今仍在造福百姓，如同药王山上空悠悠飘荡的朵朵白云，亘古不息。

青石板的回响

绍兴，在我心里是一个梦，一个久远的梦，一个与鲁迅先生、与文学有关的梦。

初冬时节，我夙愿得以实现。穿上压箱底的旗袍，撑着小花伞，在小巷中徜徉，徜徉。细雨如丝湿润了手臂，街灯晕染了两旁店铺的门板，脚下的青石板发出阵阵回响，一下一下，叩打着我的心扉。

绍兴老酒、茴香豆、臭干子……热情的绍兴文友，说着轻快滑溜得好似"唱歌"的越地吴语，如数家珍般介绍着越州美食。老酒点燃了味蕾，茴香豆唤醒了记忆——这里是地地道道的绍兴老城区，是真真切切的鲁迅先生的故乡。

一方水土养一方人。绍兴作协主席、《野草》杂志社主编斯继东先生、谢方儿副主席与鲁迅先生有几分神似，皆是温文尔雅、清瘦睿智的长者。座谈会上，话题自然围绕着鲁迅先生展开。"先生不仅有金刚怒目的一面，也有低眉菩萨的柔软一面。比如，先生曾说：母爱如同湿棉袄，脱了感到冷，穿着感到难受。这句话真切道出了先生对母亲复杂的情感态度。"斯主席的一席话引起了大家的共鸣。

可怜天下父母心。毫无疑问，母亲是深爱着儿子的。先生的母亲鲁瑞是一位慈祥而刚毅、思想开明的乡下女子，对儿子们的影响很大。先生童年时代跟随着母亲回娘家归省，曾留下了许多美好的记忆，比如《社戏》中那一群令人难忘的少年朋友，比如先生作品中虚构的鲁镇，比如先生最常用的笔名鲁迅。然而，母亲毕竟是旧时代的女性，在鲁迅的婚姻问题上，依旧沿用了封建家长大包大揽的一贯做法，甚至以病重为借口哄骗鲁迅回老家与朱安成婚。也许，善良的她想当然地以为感情是可以培养的。我们不能苛责鲁迅的母亲，因为那时候青年男女大都是以"父母之命，媒妁之言"而结合的，大部分人都是先结婚后恋爱的。

有人说鲁迅与朱安的婚姻应该是"慈母误进的"最大一副"毒药"。面对这桩极不情愿的婚姻，鲁迅没有去做抗争，而是选择了默默接受。他曾对许寿裳说："这是母亲给我的一件礼物，我只能好好地供养她，爱情是我所不知道的。"先生骨子里充满了反叛精神，却出于对母亲的遵从，违心地接受了这场婚礼。从这一点上，我们可以看出母亲在先生心中的分量。

当时，反对封建专制的进步青年，首要反对的就是包办婚姻。抗婚、拒婚、逃婚的比比皆是，但先生却逆来顺受，似乎让人难以理解。其实，这与先生所接受的教育、所生长的家庭、所处的社会环境是分不开的，但我觉得先生主要是出于对母亲的孝顺，才不得已而为之。毕竟，先生 13 岁丧父，他的母亲辛辛苦苦拉扯他们兄弟三人长大成人（另有一妹一弟夭折），还节衣缩食供养他们读书求学，非常不容易。可以说，没有这位善良而果敢的母亲的付出，就没有周氏三兄弟日后的成就，至少中国文学史将会被改写。

作为大家族的长房长孙，鲁迅从小就被寄予厚望，他的一举一动都要给族里的子弟做出表率。如果鲁迅抗婚，肯定会引起轩然大波，最受伤的莫过于母亲。作为长兄，他还有照顾弟弟的责任。1906 年夏秋之交，25 岁的鲁迅奉母命回国与朱安成婚，同年秋，他携二弟赴日本，在东京研究文艺。三弟留在家中陪伴母亲。

这到底是一个什么样的家庭呢？我迫切地想到先生的家中去看一看。

第二天一早，我们冒雨拜谒先生的祖居和故居。穿过祖居一进又一进幽深的院落，封建大家族等级森严、尊卑有序、井然有序的日常生活渐渐浮现在眼前。长久生活在这四方天地里，人的思想自然而然就被禁锢住了，何谈反抗与争斗？家族败落，祖上风光不再，先生的故居明显比祖居小了许多，但瘦死的骆驼比马大，就像《红楼梦》里说的随便一个夫人的头面首饰衣裳折变了还不过上个三五年。故居早已易主，现被收回供游客参观。院中有迅哥儿趴在石桌上听长妈妈讲故事的塑像，让人顿觉温暖了许多。及至到了宽敞干净的厨房，看见迅哥儿和少年闰土亲昵交谈的塑像，《故乡》中的文字立即变得鲜活起来，突然懂得了先生在高墙大院里受到的束缚，是那么真切实在，那么深入骨髓。继续往里走，见到了传说中先生儿时的乐园百草园，约有多半个足球场大，种有几畦绿菜，低矮的泥墙依旧，水井栏杆依旧，高大茂密的皂角树依旧。墙角有迅哥儿和少年闰土玩耍的塑像，活泼可爱，让人很难与宣传画中先生冷峻的形象联系起来。沿着青石板小径在园内走一圈，仿佛空气中回荡着他们追逐玩闹、嬉戏的笑语。

十余年后，鲁迅先生暂别了拮据困窘的生活，回乡接母亲上京，同时也作别了聚族而居的老屋，见了闰土最后一面——童年，那个"项带银圈，手捏一柄钢叉"的儿时伙伴已经是六个孩子的父亲，那一句恭恭敬敬的"老爷"，让先生打了一个寒噤，以至于悲哀到说不出话来。

在故乡的日子里，先生目睹了农村的破败与农民的凄苦生活，心情十分悲苦。千言万语无处言说，唯有诉诸笔端了。曾经有人问海明威："一个作家最好的早期训练是什么？"他直接回答说："不愉快的童年。"童年生活是一个文学家创作的基调。也许百草园里的自在快活和后期的不幸坎坷就是滋养鲁迅先生文字的最好养分。

12岁，迅哥儿入三味书屋读书。三味书屋是当时绍兴最好的私塾，鲁迅和二弟都曾在这里求过学。书屋位于都昌坊的11号，也就是鲁迅祖居的斜对门。先生寿镜吾是一位方正、质朴、博学多才的人，从他为私塾取名三味书屋可以窥见一斑。三味指的是：读经味如稻粱，读史书如看馔，读诸子百家如醢醢（指肉和鱼剁的酱）。这既是读书学习的方法，也是施教治学的理念，循序渐进，终入佳境。先生寿镜吾家境富裕，一生厌恶功名，终身以坐馆授徒为业，招收学生极为严格，每年只收八名学生，来的都是大户人家聪颖好学的少爷。从12到17岁，鲁迅一直在这里求学，度过了难忘的五年时光。

13岁那年家里突遭变故，祖父因"科场舞弊案"下狱，与此同时父亲也患了大病，作为长子的鲁迅毅然替母亲扛起了家庭重担，每日奔波于当铺与药铺之间，饱尝人世炎凉。懂事的他，为了不让母亲难过，回到家里从不吐露一句在外所受的委屈，母亲常常对亲友们感叹鲁迅"最能体谅我的难处"。

在课桌上刻"早"字的故事就发生在那个时期，在寿镜吾老师家那个三开门的小花厅——三味书屋里，鲁迅坐过的那张课桌，静静地摆在一个角落里，我仿佛看到了聪颖勤奋的迅哥儿，每天天不亮就早早起床，料理好家里的事情，然后再到当铺和药店，之后又急急忙忙地跑到私塾去上课的情景。14岁，鲁迅开始写日记。15岁，大家族开会分房，他们孤儿寡母受人排挤，分到的房屋既小且差，鲁迅拒绝签字，遭到了叔辈们的斥责。清官难断家务事，其间的悲苦难以诉说。家道中落，鲁迅饱尝世态炎凉，人情冷暖，差点步了科举的后尘，幸而最终选择

了自己的道路。17岁，鲁迅从三味书屋毕业，18岁，考入免费的江南水师学堂，后来又公费到日本留学，学习西医。1906年，鲁迅弃医从文，先后在北京大学、北京师范大学等学校任教，成为中国新文学运动的倡导者，成为中国文坛的一位巨人，他的著作全部收入《鲁迅全集》，被译成50多种文字广泛在世界上传播。可以说，不管鲁迅走到哪里，绍兴老城里那个庞大的家族，那个治学严谨的老师，那间雅致的三味书屋，那张刻着"早"字的课桌，都激励着他在人生路上继续前进。

"谁言寸草心，报得三春晖？"先生对母亲爱得深沉，有几件小事可以证明。留学日本期间，先生加入了光复会，其间曾被委派回国刺杀清朝官员。动身前，他再三犹豫，最终放弃。原因是先生怕自己一旦死了，剩下母亲怎么生活？1912年，鲁迅随南京临时政府迁往北京。1919年，鲁迅在八道湾买了一座三进的四合院，立即回乡把母亲及全家接到了北京。在去北京的路上，鲁迅自己坐的是二等车，而让母亲坐了卧铺。在北京，鲁迅把三进正屋让给母亲、两个兄弟住，自己则和下人住在偏房里。即便如此，家庭还是起了矛盾。当兄弟失和，鲁迅搬离八道湾另换住处后，也将母亲接在身边，亲自奉养。

儿子已过不惑之年，依然形单、影只，又遭受手足不睦的打击。想必那个时候，母亲也是寝食难安的。

先生曾说："异性，我是爱的，但我一向不敢，因为我自己明白各种缺点，深怕辱没了对方。"尽管婚姻有名无实，但毕竟属于已婚人士，如何再娶？除非女方不在乎世俗的眼光，不计较名分地位。

但是，爱情还是来了，虽然是姗姗来迟，但纯粹热烈。1923年，神情冷峻、怒发冲冠、穿着打补丁的长袍、貌似乞丐老头儿的先生，走上大学的讲台，操着绍兴话开始讲中国小说，吸引了台下无数的学生。那个坐在第一排的、25岁的女学生许广平迷恋上了他，大胆热烈地追求他，一心一意地追随他，丝毫不计较得失。1927年两人在上海共同生活。1929年，"小刺猬"与"小白象"有了爱情结晶——周海婴，意为在上海出生的孩子。

"怜子如何不丈夫，无情未必真豪杰。"48岁，老来得子，先生专门给儿子写了歌，每晚临睡前吟唱："小红，小象，是小红象；小象，小红，是小象红；小红，小象，是小红象；小象，小红，是小象红……"许广平则甘为灶下婢，养育孩子，照顾鲁迅的饮食起居。一家三口，其乐融融！

1934年，萧红的出现，像早晨清新的风，给病中的先生带来了轻松快乐，也给许多人留下了遐想的空间。这年冬天，先生送给了爱人许广平一部《芥子园画谱三集》，并在扉页上题下："十年携手共艰危，以沫相濡亦可哀；聊借画图怡倦眼，此中甘苦两心知。"

1936年，先生晚年病重，7岁的海婴每晚临睡前都要到爸爸门口喊："爸爸，明朝会！"先生也回一句"明朝会"。萧红曾讲过一个故事：先生临终前，被疾病折磨得只剩下38斤，依然用尽力气给海婴回复了"明朝会，明朝会"，说完剧烈咳嗽，几乎昏厥。海婴没有听见，天真地问："妈妈，爸爸是个聋子啊！"令人唏嘘不已！

出了鲁迅祖居，过条马路就是沈园。唐婉与陆游的爱情故事流传千古，有情人劳燕分飞，实在令人扼腕叹息！陆游离世前，再游沈园，写道："沈家园里花如锦，半是当年识放翁；也信美人终作土，不堪幽梦太匆匆。"

英雄气短，儿女情长。在绍兴宽宽窄窄的青石板街道上走一走，在咸亨酒店里要一壶老酒，一碟茴香豆坐一坐，在白墙青瓦，排场阔绰的新台门里转一转，你就会明白先生的文字为何那么犀利尖锐、直抵人心了，先生为什么接受了母亲一手安排的婚事，先生为什么会对孩子那么开明了……

怒目金刚，低眉菩萨，这两种不可调和的神情在敦煌壁画，在寺庙禅院随处可见，也在先生身上和谐统一。细读先生的作品，细思先生的一生，觉得先生冷峻的眼神后面更多的是悲天悯人，是怜惜和不忍，是"哀其不幸，怒其不争"。对母亲如此，对朱安如此，对许广平、对萧红、对劳苦大众亦如此。无论经历了多少风雨，我想，先生是幸福的，因为有个叫许广平的女子曾经无怨无悔地爱过他，给了他十年的温暖与幸福。虽然，这幸福来得有点晚，但她终于来了，而且来得那么热烈，那么纯粹，那么专一！

离开绍兴的前夜，我们又去了鲁迅故居，品尝老酒、桂花藕粉，欣赏越剧表演，十分尽兴。夜色阑珊，街巷人稀。咸亨酒店前孔乙己的铜像散发出清幽的光，那哈腰弓背的样子与巨幅的先生头像遥遥相对，令人玩味。

那夜，穿行在青石板街上，回音格外清亮，仿佛从历史深处弹回的琴音。

崆峒问道

7月，毕业季，一批优秀毕业生走入职场。新员工的到来，为集团注入了新鲜血液，带来了无限活力，也为他们自己打开了一扇看世界的大门。

8月，是新员工入职一个月的纪念日，也是集团重大项目正式启动之时。集团决定远赴甘肃、宁夏开展新员工团队建设活动暨项目誓师大会，意义非凡！

8月3日一大早，一场喜雨驱走了西安市连日的酷热，我们浩浩荡荡地向甘肃平凉市出发了！途中，雨过天晴，天空湛蓝，白云悠悠，空气清新，沁人心脾。五个多小时后，我们到达平凉市——丝绸之路上的一颗璀璨明珠，自古为屏障三秦、控驭五原的重镇，史称"西出长安第一城"。

稍事休整，大家便前去拜谒道教第一山——崆峒山。崆峒山古木参天，风景如画，古刹林立，自古有"西来第一山""西镇奇观""崆峒山色天下秀"之美誉。相传黄帝曾两次来此问道，在广成子的屡次指教下，才领悟了治国理政的大道。又经过了二十八年励精图治，实现了天下大治。

"崆峒秀削接苍穹，欲挹晴风转渺茫。玉笋参差凝睦霭，石岩浓淡映朝阳。"一步一步登上天梯，来到崆峒山顶的皇城，清风徐来，极目远眺，山峦起伏，红黄相间的道观、亭台掩映在青山绿水之中，好像给漫山遍野的碧毯上绣了几朵金花，格外美丽耀眼。大家集体高喊："我们心怀梦想，问道崆峒，揽胜皇城，感悟自然，珍爱生命，虔诚无比。"这动人心弦的一刻，被摄影师用无人机记录下来，瞬间传爆朋友圈。

晚上，董事长和大家一起联欢。新员工畅谈一日收获，大家纷纷表示人生如登山，一定要互相鼓励，目标一致，团结协作，才能成功登顶，俯瞰大地，感受"无限风光在险峰"的精彩。

董事长勉励大家说："一个人最富有的时候，是有梦想，同时还要坚持自己的梦想的时候。有梦想的人非常多，但能够坚持的人却不多。年轻人一定要坚定理想信念，追逐梦想，坚韧不拔，集中精力干有意义的事情。就像胡适说的：生命本没有意义，你要能给它什么意义，它就有什么意义。与其终日冥想人生有何意义，不如试用此生做点有意义的事。为了磨炼大家的意志，明天咱们挺进六盘山，重走长征路。"大家纷纷叫好。

行百里者半九十。六盘山是红军长征的最后一站，也是黎明前最黑暗的时候。4日早晨，我们沿着总路程大概2.5公里的"红军小道"，也就是浓缩版的长征路，重温了红军从江西瑞金到陕北的长征途中"出发于都河、血战湘江、突破乌江、遵义会议、攻占娄山关、四渡赤水、巧夺金沙江、飞夺泸定桥、翻越大雪山、懋功会师、艰难过草地、夺占腊子口、决策哈达铺、会师将台堡、奠基大西北"等重大事件。

"不到长城非好汉，屈指行程二万。"在伟人眼里，艰苦卓绝的长征居然如此富有诗意，实在令人佩服。在每一个历史事件的展示区，我们都仔细观看雕塑，认真阅读简要介绍。毛泽东主席举重若轻，指挥若定，在中央红军翻越岷山，走出藏区，进入甘肃哈达铺地区，进行了短暂休整，整编了陕甘支队，并作出了将中央红军长征的落脚点放在陕北的重大决策，决定了中央红军万里长征的最终去向，影响了中国革命的发展前途，也影响了中国历史未来走向。董事长把历史和现实巧妙地结合起来，为我们生动讲解了长征的战略意义和长征精神，告诉我们战争取得胜利的关键是民心向背。红军在极端困苦的条件下，能坚持走完二万五千里长征，是因为他们都是心怀梦想者。我们要有革命的乐观主义精神，要不畏艰险，坚定信念，科学决策，坚持到底，一定会取得最终的胜利！

"红军不怕远征难，万水千山只等闲。"我们深受感染，一鼓作气，登临山顶，豪情万丈，忍不住诵读起了"……六盘山上高峰，红旗漫卷西风。今日长缨在手，何时缚住苍龙？"

那一刻，我的心被点燃了——我仿佛变成了一个指点江山，意气风发的少年英雄！突然想起了一位名人说过的话：一个人要实现自己的梦想，最重要的是要具备以下两个条件——勇气和行动。

又见凤凰湖

凤凰湖位于凤县县城，是嘉陵江上游的一颗璀璨明珠。

三年前的盛夏，我第一次来凤县游玩，山间凉风扑面而来，瞬间将浑身的溽热一扫而光。一热一冷，天壤之别，仿佛两个世界，令人啧啧称奇。那天傍晚，我们在凤凰湖畔流连忘返，接连观看了两场梦幻凤凰湖大型山水实景剧。

初秋的一个午后，我再次漫步凤凰湖畔，欣赏着美丽的湖光山色，心中不禁荡起了层层涟漪。故地重游，我才发现两岸竟然有许多精美的雕像，有女娲造人、凤仪九天、嘉陵神韵，有诗豪刘禹锡、诗圣杜甫，还有工合组织的主要创始人路易·艾黎先生……

其中一组题为"栈道风云"的人物浮雕格外引人注目。古道深辙，划破秦巴峻岭；高路连云，接续秦关蜀郡。浮雕上车水马龙，人物神态各异，有刘关张桃园三结义，有诸葛孔明捻须一笑，有韩信跃马疆场，有唐太宗登高望远，有民族英雄林则徐一步三回首……

"入蜀有四道，凤占其三。"凤县自古便是长安通往汉中、巴蜀的官驿大道和必经之地，素有"秦蜀咽喉，汉北锁钥"之称。历史上许多风云人物都曾途经此地，留下的故事三天三夜也讲不完。宝成铁路穿城而过，杜鹏程先生的《夜走灵官峡》让凤县灵官峡名扬四海。工合组织把凤县城关的双石铺镇作为基地，也是看中其交通便利。他们将失业工人、难民和伤兵组织起来，生产军需民用品，支援前线抗战，掀起了一场波澜壮阔的经济救亡运动。除此之外，他们还兴办了工合培黎学校、工合医院……美国著名记者斯诺将双石铺称为"模范的工合城"。

凤县古称"凤州"，始建于秦朝，是华夏祖先最古老的聚居区之一。史载："周兴，凤鸣于岐，翱翔至南而集，是以西岐曰凤翔南岐曰凤州。"凤县南有南岐山，城东有凤凰山，相传凤凰就栖息在凤凰山上。这些美丽传说为凤凰湖增添了一抹神秘的色彩，让人生出无限遐思。

　　凤凰是吉祥的鸟儿，是和平的象征。人们常说"栽下梧桐树，引得凤凰来"，世间美景那么多，凤凰为何会选中凤县呢？晚上，我们在羌族文化园欣赏完歌舞剧《凤飞羌舞》，这个问题迎刃而解——凤县不仅山清水秀，风景优美，还是羌族故里。羌人能歌善舞，是一个歌与舞在血脉中流动的民族。"管笛幽幽耳，西戎牧羊人。"羌人唱歌信口就来，如"小河里涨水大河满，小河里头放篙杆，莫看我的篙杆小，小小篙杆撑大船"等非常悦耳。我想凤凰一定是被粗犷热烈又不失悠扬的羌族民歌所吸引，便在此安家落户了。

　　走出羌族文化园，已是华灯初上，天空飘着细雨，我们又驱车赶到凤凰湖。雨越来越密，风越来越大，气温陡降，游客稀少。我们游兴不减，冒着大雨欣赏了最后一场梦幻凤凰湖大型山水实景剧。在欢快的羌族歌舞声中，在闪烁的彩灯交相辉映下，在梦幻般的水汽薄雾里，巨大的凤凰好像从雕像中飞了出来，似乎要与水中色彩斑斓的凤凰携手共舞，又仿佛一对恋人在遥相呼唤，倾诉衷肠。

　　"……月亮湾里月牙弯，翠竹满山荡绿风，绿风吹动月牙船……"突然，曲风一变。

　　"这是商老师写的歌。是写给月亮湾的。"有人指着山顶巨大的旋转月亮，惊喜地喊道。

　　"刚才，我们观看的《凤飞羌舞》也出自商老师之手。"

　　"十几年前的事了。我只是参与者之一。"商子秦老师非常谦逊，微笑着摆摆手。

　　有人追问他创作灵感，商老师笑呵呵地说："凤凰湖景区与四周的山水景物融为一体。你登上月亮湾，欣赏了日月同辉、笑问天等景区，自然就会诗兴大发……"

　　三年前，我曾游览过月亮湾公园的部分景区，那漫山遍野的桂花、竹林、花椒等杂花野树，让我念念不忘。可惜，我未曾登上山顶，俯瞰整个凤凰湖景区。试想一下，三五之夜，天上的月亮与山顶的月亮、凤凰湖水中的月亮，形成"举杯邀明月，对影成三人"的奇观，该是何等震撼！

　　说话间，不觉到了一段斜坡。路灯昏黄，广玉兰树的影子在风雨中摇晃，地面好像变成了偌大的凤凰湖，荡漾起伏。而我们就是那湖水中翩然飞舞的凤凰，醉心于山水之间，乐而忘返！

桃李芬芳遍天涯

宝鸡凤县县城有一条叫何克的小巷，默默无闻地隐藏在月亮山的脚下。

2018 年 8 月，为庆祝工合组织成立 80 周年而修建的纪念馆在何克街落成，这里一下子引起了人们的关注。

我们慕名前去参观时，纪念馆里正在举行小小讲解员选拔赛。一个小男孩用稚嫩的声音讲解道："八十多年前，路易·艾黎、埃德加·斯诺、乔治·何克等国际友人和卢广绵等大批爱国知识分子发起了工业合作社运动，掀起了一场波澜壮阔的经济救亡运动。为了给抗日前线培养技术工人，他们兴办了工合培黎学校，为中国的抗战事业做出了不可磨灭的贡献，得到了宋庆龄、周恩来等领导人的广泛赞同。"

男孩饱含深情的话语把人们一下子带到了战火纷飞的解放前。那时候双石铺贫穷落后，百业凋零。艾黎等人来了以后，为镇子带来了生机，带来了文明，带来了工业的概念。短短四年间，艾黎等人跑遍了 16 个省，组织发展合作社 3000 多个，安置难民 30 多万，向抗日前线输送技术工人 4 万余人。

纪念馆里有很多蜡像，其中何克和他收养的聂氏四兄弟围坐在方桌旁交谈的一组蜡像，令人印象特别深刻。

有人问道："何克先生工作那么忙，怎么还收养了四个中国孩子？"

讲解员带领着我们来到纪念馆后面的"艾黎旧居"，指着窑洞上的玻璃窗说："艾黎和何克不仅是实业家，还都是很有爱心的教育家。聂氏四兄弟的父亲是一位共产党员，被国民党当局逮捕，其妻在宝鸡工合工作，临死前将四个孩子托付给了何克。孩子小，爱哭爱闹，何克为了哄孩子们开心，趴在地上当马，让孩子们骑在他身上玩；晚上让最小的、只有三岁的聂广沛和他睡在一起。在孩子们眼里，这位异国父亲是一个完美的人。据此改编的电影《黄石的孩子》打动了无数

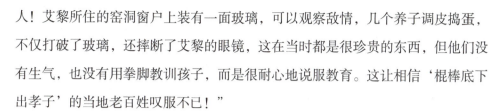

人！艾黎所住的窑洞窗户上装有一面玻璃，可以观察敌情，几个养子调皮捣蛋，不仅打破了玻璃，还摔断了艾黎的眼镜，这在当时都是很珍贵的东西，但他们没有生气，也没有用拳脚教训孩子，而是很耐心地说服教育。这让相信'棍棒底下出孝子'的当地老百姓叹服不已！"

抗日战争爆发后，由于双石铺是陕、甘、川的交通中枢，也是煤、铁等矿藏资源的储藏地，一时成了中国西部的抗战重镇。当时军需、民用匮乏，艾黎等人组织民众生产军用物资，再让爱国学生秘密运到延安去支援抗战。为此，国民党大肆抓捕培黎学校的学生。有志者千方百计，无志者千难万险。为了躲避敌人的迫害，1945年1月20日，何克带领双石铺培黎学校最后一批学生前往甘肃山丹县，创办了山丹培黎工艺学校。同年，何克创作的纪实文学作品《我看到一个新中国》一书在美国和英国出版，影响深远！

中国工合曾先后在赣县、洛阳、宝鸡、成都、双石铺等地开办了十多所工合学校，但只有迁往山丹的双石铺培黎学校保留了下来。这所学校能够生存下来，多亏了何克卓有成效的管理。何克是培黎学校的校长，新学校一穷二白，他坚持自编教材，发展适合中国国情的半耕半读、手脑并用的新型职业教育。他佩服共产党，曾经这样描写红军——这是我生活过的全世界最好的地方，是牛津大学也比不上的。他以延安精神和八路军的思想来管理学校，教育学生，鼓励学生克服困难边学习边劳动。何克在写给母亲的信中说："把自己的一生能和这些孩子们联系在一起是很有意义的事。"1945年，何克在山丹建设校园时不幸患破伤风去世，年仅30岁。艾黎和同学们把他葬在了学校南门外的一块空地上，希望他每天都能听到学生们的歌声。

1949年9月21日，山丹县解放了。艾黎"为中国的黎明培育新人"的愿望终于实现了。当时半工半读的培育学校及所属毛纺厂、农场、医院等厂矿的广大师生，积极投身到新中国的建设中来。运输队的三名学生驾驶着汽车，运送解放军战士去收复山丹马场，这个有着两千多年历史的皇家马场，很快回到了人民手中。

艾黎在中国坚持工作办学六十年，为中国革命和中国现代化建设事业培养了大批技术人才，可谓是桃李芬芳遍天涯，先后被北京、甘肃授予荣誉市民。1987年，艾黎在京病逝，享年90岁。遵照艾黎的遗愿，他的骨灰被送回了山丹县，与何克合葬在一起。在艾黎与何克陵园的碑石上，镶嵌着邓小平题写的"伟大的国际主义战士永垂不朽"13个镏金大字！

百年风雨，岁月峥嵘。白求恩、路易·艾黎、乔治·何克等一个个耳熟能详的名字，永远铭刻在了中国人的心中。他们没有离去，他们永远受到中国人民的尊敬！

漫步诗经里

　　早就听说过诗经里小镇，但一直无缘前往。今年仲秋的一天，我终于有幸一游。小镇位于沣河之畔，历史上西周的都城沣京、镐京就建于沣河的东、西两岸，流淌千年的沣河不仅见证了周王朝的兴盛衰亡，也孕育了灿烂的古代文明。《诗经》和礼乐文化便是其中最璀璨的明珠。所以人们常称沣河是"诗经之河、礼乐之源"，诗经里修建在《诗经》故里，足见设计者之独具匠心。

　　诗经里的大门以草覆顶，四周竹篱围墙，古色古香，自然雅致。门口的水渠里，安装了无数喷头，丝丝水雾将鲜花青草濯洗得格外娇艳，将周围的空气滋润得十分清新，也将身着粉红汉服的解说员映衬得非常温柔。只一眼，诗经里就让人满心欢喜。

　　"蒹葭苍苍，白露为霜。所谓伊人，在水一方。"步入风雅诗颂的展厅，只见芦苇摇曳，湖水缥缈，举止潇洒的采诗官撩起长袍，振动木铎，吟诵着《蒹葭》一诗，从历史的深处款款而来。一株株芦苇似乎是他的知音，随风起舞。湖边走来负笈远游的书生，衣袂飘飘的白衣女子，一叶小舟漂来，船夫一点竹篙，一声长叹，人与舟渐渐没入蒙蒙烟雨之中。"采采卷耳，不盈顷筐。嗟我怀人，置彼周行。"女子的歌声突兀地响起，嘹亮而又哀伤。采诗官听得如醉如痴，捡起女子遗落的诗帕，细细品读，回朝奏请谱曲传唱……

　　古代的新嫁娘有多美？读一读《硕人》便知道那个时代女子以身材高挑为美。庄姜身世显赫，容颜绝美，嫁给了卫庄公。私塾先生一板一眼地吟诵道："手如柔荑，肤如凝脂，领如蝤蛴，齿如瓠犀，螓首蛾眉。巧笑倩兮，美目盼兮。"一旁的古装女子应声起舞，那一连串的比喻和排比，便鲜活成了一幅栩栩如生的美人图。只是苦了席地而坐的学生，不知该专心吟诗，还是偷眼瞧一瞧舞姬。

　　爱美之心人皆有之。后人见了绝色美女赞美起来，自然而然就引用了《诗经》里的句子，就连才高八斗的曹子建也不例外。吴闿生《诗义会通》评云："手如五句状其貌，末二句并及性情，生动处《洛神》之蓝本也。"庄姜的美貌到了惊艳绝伦的地步，以至那些惜字如金的文人不惜笔墨来描绘她的美丽。可谁能料到如此华丽的开头竟会是一个悲惨的结局。上天在给了庄姜美丽的同时却也剥夺了她作为母亲的权利，美而无子，在那个男权至上的时代，是非常残酷的折磨。卫庄公广纳美姜，庄姜备受煎熬。于是，人们又做了一首《绿衣》来惋惜庄姜失宠："绿兮衣兮，绿衣黄里。心之忧矣，曷维其已！绿兮衣兮，绿衣黄裳。心之忧矣，曷维其亡……"

出门信步到小雅广场，一群盛装的女子正在翩翩起舞。我心心念念的还是惊若天人的庄姜。庄姜美丽贤德，她将养子视为己出，哪里想到权力是世界上最可怕的东西。若干年后，公子完和州吁都长大了，庄公死后，等待庄姜的不过是在州吁手下的苟延残喘罢了。在那个烽火连年的年代，女子不过是政治的工具，庄姜的命运在她出生之时早已决定。一切的一切最终也只化为一句"卿本佳人，奈何薄命"。庄姜红颜薄命，却有文采，作诗见志，留下赫赫有名的《燕燕》："燕燕于飞，差池其羽。之子于归，远送于野。瞻望弗及，泣涕如雨。燕燕于飞，颉之颃之……"燕子飞翔天上，参差舒展翅膀。妹子今日远嫁，相送郊野路旁。瞻望不见人影，泪流纷如雨降……

哀悼完庄姜，我整个人似乎陷入了诗的汪洋大海，难以自拔。身旁有许多汉服女子在沐手抄诗、簪花祈福……这些富有诗意的体验方式，让人感受到了古代女子从容风雅诗意的一面。

置身诗经里，时光仿佛倒流，我不由自主地慢下来，静下来，沉下来，美美地看一看西天的云彩，赏一赏身旁的建筑，好奇地打量一番司空见惯的荷花、芦苇、树木和那不知名的小草，一种诗情画意在我心底油然而生。现代人感叹城市里的水泥丛林再也创造不出诗意的神话，正如蒙田所言："我们已经背弃了大自然。她曾经那样准确恰当地为我们指路，而我们却想用她的教导来教训她。"

漫步诗经里，适宜遐想，适宜做梦，适宜沉默。

朱雀清夏

朱雀森林公园是西安地区海拔最高的公园，距西安 74 公里，每次去玩，我都要早晨六点就起床，赶在景区八点钟开门前到达，然后逗留到傍晚，才依依不舍地返回。

在朱雀森林公园游玩，有多种线路可以选择。如果想要登上最高峰冰晶顶，中午十二点之前，必须到达高山草甸——从高山草甸到冰晶顶大约两小时，由于山顶海拔高达 3105 米，气温下降较快，下午两点，工作人员就开始劝告游客返回，以免发生意外。

有一次，我选择乘坐缆车上山。索道像一个巨大的衣架，缆车则像悬挂在其上的一个个小包间，沿着轨道缓慢升降。透过玻璃窗，俯瞰整个景区——脚下是一片绿色的海洋：蜿蜒的山路不见了，四处寻找，才发现它们藏在了绿荫之中。山风吹来，阔大的树叶随风起伏，就像绿色的波涛在海上涌动。只有绿色未免单调了些，看，大瀑布从巨大的石壁上溜泻而下，像一艘大船在海上乘风破浪；那点缀在其间的一树树白鹃梅，则像海上掀起的朵朵浪花；坐在缆车上的我们呢，就如同一只只海鸥，在天空间缓缓地滑翔。二十分钟后，我们下了缆车，我感觉头重脚轻，像晕船了。朋友说没有关系——这里海拔 2200 米，比景区入口处的1500 米，高不了多少，去观景台上休息片刻就能恢复。我手扶栏杆，极目远眺，感觉自己像站在轮船的甲板上，眼前都是起伏的绿波。环顾四周，几树开得热闹的野花，一片造型优美的华山松，一大丛密密麻麻的毛竹，令人惊喜不断。

果不其然，几分钟后，我便神清气爽，健步如飞，追赶上了大部队。这一段山路号称钢铁栈道——栈道是在巨大的石壁上开凿出来的，极其陡峭，坡度几乎都在六十度以上。栈道以钢材修建而成，结实稳当。我们目不斜视，手脚并用地向上攀爬，不一会儿便气喘吁吁。好在每个拐弯处，都有一个平台，可供游人休憩。这时候，我们才有机会欣赏美景，满山遍野的巨石，造型各异，会让人生出无限遐想。"双龟探路、石鹰敛翅。""神秘古堡。""石上开花。"是呀！绿色的大海开始退潮了，露出了海中的小岛——光秃秃的，几乎寸草不生的山峰。这一座座雄伟的山峰，昂首挺立，坚强不屈，像表情各异的巨人——有的立于悬崖之巅，指点江山；有的奇峰突起，像弄潮儿刚从水中冒出；有的颔首沉思，显得高深莫测。那座坡度较缓，像一座巨大的倾斜的长方形山峰上开了几簇紫色野花，最为引人注目。

说话间，我们已开始走下了钢铁栈道，到了醉仙峰。醉仙峰上，千万年的风雨侵蚀，让每一块石头都布满了深坑孔洞，有的像姿态各异的鸟兽虫鱼，有的像迎风独立的隐士仙人，还有的像寒光闪耀的兵器，令人玩味。我们在醉仙峰旁的畅远台品茗，山泉泡出的茶带着雪的气味，令人心怀大畅。我们养足了精神，起身没几步便转入了一个峡谷。"快看，高山杜鹃。"我顺着朋友的手看去，果真见到几株白色的杜鹃，从绿色中探出头来，像一群可爱的小女孩和我们打招呼。我是第一次看到高山杜鹃花。花瓣有粉有白，轻盈美丽，将开欲开，花朵有乒乓球大小。朋友说高山杜鹃生性喜冷，峡谷里气候湿润，溪水长流，最适宜生存。一路走来，我细细观察，发现仅有十来株高山杜鹃。看来高山杜鹃在此安家落户，是大自然最好的安排——物竞天择，适者生存。是呀，只有选对了位置，先存活下来，才能绽放美丽。高山杜鹃在我眼里，一下子变成了哲人。朋友说花待有缘人。五一期间，峡谷里积雪遍地，没有对外开放。眼下是 5 月中旬，景区开放不久，游客们大都是冲着这几株高山杜鹃来的。"木末芙蓉花，山中发红萼。涧户寂无人，纷纷开且落。"我没想到自己有幸成为第一批赏花之人，情不自禁地想起了这首诗。其实，高山杜鹃花期挺长的，可以从 5 月开到 7 月。可惜，我此前几次登山都是在秋季，即便见到杜鹃结的果子，也认不出来——高山杜鹃大都长在山腰，可远观而不可亵玩焉。出了峡谷，眼前豁然开朗——石海，一整面巨大的山坡，全是大大小小的石头，没有一棵花草树木，人仿佛身处石头的海洋之中。人工开凿的石径，横穿石海。走在其上，仿佛穿越了时光，眼前好像出现了亿万年前剧烈的地壳运动——山体隆起，滚滚巨石从天而降，地动山摇之后出现了石海、石河、伏龙台、望夫岭、伏龙台、伏龙岭等自然奇观。远处，冰晶顶附近的山坡上也全是石海。朋友说这些山石景观都是第四纪冰川遗迹，属于冰缘地貌。

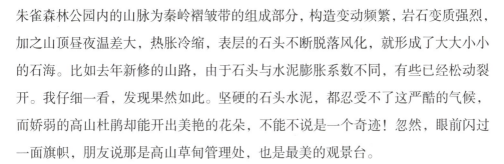

朱雀森林公园内的山脉为秦岭褶皱带的组成部分，构造变动频繁，岩石变质强烈，加之山顶昼夜温差大，热胀冷缩，表层的石头不断脱落风化，就形成了大大小小的石海。比如去年新修的山路，由于石头与水泥膨胀系数不同，有些已经松动裂开。我仔细一看，发现果然如此。坚硬的石头水泥，都忍受不了这严酷的气候，而娇弱的高山杜鹃却能开出美艳的花朵，不能不说是一个奇迹！忽然，眼前闪过一面旗帜，朋友说那是高山草甸管理处，也是最美的观景台。

这时候，路边的植物会提醒你已经到了海拔 2700 米——古松的叶片短小，毛竹低矮，不到钢铁栈道处的一半。拐过一个山口，眼前豁然开朗，出现了一大片高山草甸。草甸上的风很大，旗帜被吹得猎猎作响，我的遮阳伞险些被刮走。但游客们热情高涨，都在风口打卡拍照。迎风一面的山坡上有许多松树，大都是是光秃秃的树干，有的已经干枯，依旧傲然挺立，让人想起了大漠里的胡杨树——三千年的等待：活着时三千年不死，死后三千年不倒，倒后三千年不朽！这景象还让人想起了"木秀于林，风必摧之"的老话，还好，草是明智的，一簇簇贴着地面生长，绿意盎然。这里是离地最高、离天最近的地方，白天可以观看云海升腾，晚上可以欣赏星辰闪烁，是盛夏露营的天堂。草甸管理员说山顶气候变化大，艳阳高照、云雾缭绕、细雨蒙蒙时的景色完全不同，所以，他每天上班的第一件事情就是拍视频，把高山草甸的美景推送给全国各地的朋友。几位山东来的登山爱好者听闻，立即把管理员加为好友。他们退休后，几乎走遍了大江南北，但像朱雀森林公园这样雄浑大气的景区还是首次见到。说着，他们拿出手机让我们看刚发的朋友圈——征服秦岭之巅冰晶顶，沉浸神奇童话世界。冰晶顶是太白山以东最高峰，是秦岭第四高峰，以前当地村民将其称为静峪脑，也有人为山顶有大片石海，寸草不生，称其为光头山。

2000 年以后，随着朱雀森林公园的建成，因山上常年积雪，结有冰晶，恍若童话世界，改名为冰晶顶。我琢磨着这三个大俗大雅的名称，哑然失笑。一股凉皮的香味飘来，我突然意识到了此时是下午三点，自己已经饥肠辘辘。此时，日影西斜，凉风习习，来一份网红高山草甸泡面，喝一壶山间清泉泡的香茗，看天光云影共徘徊，我真想在这草甸上待到地老天荒！

玉石枕头

　　数次去蓝田，都是为母亲寻找礼物——一种月牙面、天青色的玉石枕头，一种外婆和九婆枕过的那种玉石枕头。在我们家乡，老婆婆大都枕着乌黑发亮的砖头，只有外婆和九婆枕着月牙面、天青色的玉石枕头。这砖头一般都是从旧房子上拆下来的青砖，在院子里堆放了几年，经受了风吹日晒，吸收了天地精华的老物件，用久了，黝黑发亮，仿佛罕见的石料。

　　小时候，我经常问奶奶为啥爱枕硬砖头，奶奶说人上了年纪，头火大，枕砖头下火。我相信奶奶的话——新婚夫妇的绣花枕头里装的是新铡的麦秆，轻盈柔软，透着一股子草木青香；我们小孩子的枕头装的是金灿灿的糜子，瓷实安稳，怎么翻身也掉不下去。记得有一年，母亲把一块砖头清洗得干干净净，放在炕头，铺上了枕巾。我以为母亲是为外婆准备的，母亲却说这是她给自己准备的。人老了才枕砖头呢？我大叫道。我还没有长大，母亲却说她老了。这对我来说不亚于一场地震。我使劲拽住砖头，不让母亲枕。母亲说我人小还管得宽。我撇撇嘴说：那你就枕个玉石枕头，就像我外婆和九婆的那种。要不，我把外婆的给你要过来。母亲厉声制止了我，说外婆那玉石枕头是要带进棺材里的宝贝，谁也不准要。这句话点醒了我。我一下子明白了亲戚们对外婆的玉石枕头爱不释手的缘故。原来玉石枕头这么珍贵！难怪几个表哥表姐一直都惦记着外婆的玉石枕头。

　　有一年，表哥拜年时把外婆的玉石枕头装在袋子里拿走了，走到半路上，被大人发现了，硬是让他送了回来。难怪我们巷道里的人去九婆家时，都忍不住要把九婆的玉石枕头摸一摸。在我眼里，九婆的那块玉石枕头虽然晶莹透亮，是全村最好看的，但依然比不了外婆的。玉石枕头是外爷留下来的老物件。外爷为了给大姨治病，把家里的粮食、骡马、田地、衣裳能卖的东西都卖了变现，只留下了这个玉石枕头。我对母亲说，将来给她买玉石枕头，买跟外婆和九婆一样的玉石枕头。我信誓旦旦的样子，把母亲逗笑了。很多年过去了，母亲依然枕的是砖头。直到有一次，母亲腰疼，医生让她卧床休养，她手脚闲不住，躺一阵子就爬起来，扶着腰干活。那一刻，我猛地意识到母亲老了。是该让母亲枕玉石枕头了——我一直记得自己说过的话，只是觉得母亲还年轻。恰好，朋友们张罗着去蓝田辋川溶洞玩。"蓝田玉暖日生烟。"蓝田县是产玉石的好地方，看来老天也有意成全我了。玉器一条街里，店铺林立，摆满了玉石制品。我一眼就看见了那种心仪已久的玉石枕头。走了几家店，发现大同小异，但成色都不足以和外婆和九婆的媲美。挑来挑去，选了一个做工最精细的。母亲见了，很是喜欢，夸这枕头光溜溜的，像个大元宝。

母亲把玉石枕头摆在柜面的显眼处，亲戚朋友们来了都要夸奖几句。母亲便喜滋滋地和人家说起陈年旧事，惹得人把八竿子都打不着的话题也扯了出来。过了段时间，我发现玉石枕头依然摆在柜面上，母亲枕的还是砖头。我枕了一下玉石枕头，这才发现枕头太高，头悬着不舒服。我埋怨母亲不告诉我，母亲说她枕惯了砖头，每天看几眼玉石枕头就知足了。

一日，读到南宋诗人杨万里"唤醒诚斋山里梦，落英如雪枕砖眠"的诗句。我才知道枕砖头由来已久，但我还是固执地想给母亲觅得一块玉石枕头。我吸取了教训，每次都要试枕一下，可惜没有找到小时候枕外婆的玉石枕头的感觉。人常说："玉寻有缘人"。玉石是自然孕育了千万年的造化，每一件都独一无二。购买玉石枕头，讲究的是眼缘。这种感觉就像人与人的遇见，于千万人之中，遇见彼此，没有早一步，也没有晚一步。如今，我依然在为母亲寻找那种月牙面、天青色的玉石枕头。

悠然见南山

"采菊东篱下，悠然见南山。"明知陶渊明所见的南山并非眼前的山，我还是忍不住吟了几遍这句诗。眼前的山位于恒口镇恒河之南，自古以来便叫南山。恒口是恒河汇入月河的河口，地理位置优越，环境优美，素有"两山夹一川，双河穿其间"的说法。恒口镇是国家级改革实验城镇，经过多年发展和建设，已经成为安康地区月河川道城镇带上的一颗耀眼明珠。雨中的南山如婉约的水乡女子，细雨给她蒙上了一层面纱，云雾在她腰间追逐嬉戏，星罗棋布的稻田对她俯首称臣。

不觉间，我们到了农业研学基地"稻梦时光"。这里有农耕体验馆、稻田摸鱼池、采摘园等。我最喜欢的是那一大片贡米稻田。你瞧，碧绿如玉的水稻正在拔节孕穗，将水面遮得严严实实，几株性急的已抽出了穗子，随风摇曳。令人称奇的是稻田里还养着鱼——稻鱼共养是一种农业文化遗产，也是一道独特的农业景观。我国在稻田里养鱼历史悠久，据记载公元前100年前汉中盆地的两季田中就出现了稻鱼共养。稻花落后鲤鱼肥。眼下离稻子和鱼儿双丰收的时节尚早，让人不免有点遗憾。我们撩起水花逗引鱼儿，鱼儿却和我们捉迷藏，躲到了稻丛中不出来。

在稻田里徜徉，突然闻到了一股若有若无的香气。这是稻香。越往稻田深处，香味越明显，就像米饭蒸熟了锅盖刚揭开时那么浓郁。"没想到稻子这么香呀！""这里是贡米之乡，是世外桃源，万物皆有灵气，不光稻谷飘香，就连桂花树都长得那么美。"大家纷纷称赞。我深吸一口稻谷的清香之气，细细端详水稻博物馆前那棵唯一的桂花树，果真圆润饱满，仿佛仙女的团扇，心想："桂花树吸收了贡米的香气和天地精华，又听到这么多赞美声，自然越长越俊样了。"稻香氤氲，令人沉醉，我不禁又想起了"稻花香里说丰年，听取蛙声一片"。辛弃疾在上饶赋闲十五年，写下了这首传唱千古的《西江月·夜行黄沙道中》。据清代《上饶县志》记载："岭高约十五丈，深而畅豁，可容百人。下有两泉，水自石中流出，可溉田十余亩。"细读之，发现此词与陶渊明的《桃花源记》有异曲同工之妙。出了稻田，旁边便是"土地平旷，屋舍俨然"的袁庄村。村口的荷塘与墙上的壁画相映成趣。"看，荷叶比荷花还高。"友人发现了荷塘的秘密，大家都被吸引了过来。

这里土质肥沃，荷叶挤挤挨挨，一个赛一个高，一个赛一个大，而荷花却非常低调，隐藏在荷叶中，从远处很难发现。雨滴在荷叶上汇聚成大大小小的水珠，稍一晃动，便纷纷滑到低处的荷叶上，仿佛大珠小珠落到了玉盘上。我们继续晃动荷叶，水滴又像三级跳运动员那样，从层层叠叠的荷叶上一路滑落，最后滑到了池塘，荡起无数涟漪。南山里像袁庄村这样充满诗情画意的村庄有很多。

我们追着山间的白云前行，路过了逍遥谷、讲经台、明月寺，最后来到了凤凰山南坡的南月村，这里号称最美民宿。三五套客房沿着山势，错落有致地摆开，门口溪水环绕，花草遍地，间或有几株银杏、几杆翠竹。主人会客厅旁边的那套极为雅致。门上对联为：云烟凤凰子规鱼，秋风南山一卷书。门前除了小桥流水、青石小径、杂花野树外，竟然有一片大花绣球，饱满美丽，花色极多，有淡黄、粉红、淡蓝、淡绿、白色、粉紫、半红半白，甚是诱人。细雨如丝，整个民宿如一幅流动的画，让人误以为到了云中仙境。主人善做诗，游戏笔墨之余，持一杯香茗，或立于阶前，或坐于院中，见云雾缭绕山间，如梦如幻，变化不定。如果时间充足，还可以花四小时爬到凤凰山顶去看高山草甸。想必在那里俯瞰南山，别有意趣。饭后，雨停了，雨后的南山好像刚梳洗打扮过的仙子，清丽脱俗。几片云雾飘来，南山又变成了新娘子，羞答答犹抱琵琶半遮面。此刻，眼前的南山便是我的世外桃源。

第三辑

临水照花

愿得一心人

大观园里，瞎子都能看出来宝哥哥和林妹妹情投意合，可就是没有一个人敢捅破这层窗户纸——撮合这一对璧人。王熙凤泼辣，拿林妹妹开涮说："你吃了我们的茶，那就给我们家当媳妇算了。"爱耍小性儿的林妹妹听了，正中下怀，心里美滋滋的，面上却还要娇羞万分地佯装不悦。但王熙凤也只是替贾母放出风声，说说而已。

宝玉的婚事，王夫人是有发言权的，但她是孝顺的，不会忤逆婆婆贾母。在王夫人和薛姨妈的一番神操作下，薛宝钗后来者居上，金玉良缘的说法也甚嚣尘上。王熙凤精明，向来见风使舵，从此对宝黛之事闭口不提。元春端午节赐礼，表明她也看好金玉良缘。有了元春的加持，王夫人的势力大增。贾母只好以宝玉不宜早娶，暂时稳住众人。从此，木石前盟成了雷区，无人提及。

紫鹃和袭人原是伺候贾母的，也算是贾府下人当中混得有些身份脸面的了。她们被贾母调教好了，知道了轻重缓急、好歹是非，就被贾母分配着伺候孙子孙女去了。分给谁，一辈子就跟定了谁。这就是做下人的命。袭人命好，分给了宝二爷。虽说那屋里是非多，不是人站的地方，四儿端了杯茶都要被人挤兑许久，可袭人本事大，把上上下下的人都伺候得舒舒服服，好名声早在外头了。

即便没有名分，袭人已经享受着和赵姨娘一样的待遇，好歹也是王夫人认定了的宝玉的屋里人，将来怎么说也是有了靠头。不过，公子屋里人的命也不好说。如果过几年，宝玉也娶了王熙凤那样的泼辣货，宝玉身边的人肯定要遭殃。

话虽这么说，紫鹃的未来又在哪里呢？虽说和小姐十分投缘，相处融洽，将来做小姐的陪嫁丫头，一同伺候姑爷是铁定了的事儿。按照大户人家的惯例，过几年紫鹃给姑爷做个通房丫头，就像平儿一样，也是顺风顺水的事儿。最不济，也像太太的陪房周瑞家的，当个管家奶奶也很体面呀……可关键是，小姐这婚事定不了点，丫鬟的未来也就没影了呗。

宝姐姐年龄大了，林妹妹也不小了，宝哥哥已到了谈婚论嫁的时候，可是贾母不发话，偌大的贾府，谁也不敢捅破这层窗户纸。夜长梦多，简单的事儿越拖越麻烦。紫鹃心急，只盼旁边有人说句公道话，把主子的终身大事做定下来。风姿绰约的宝琴惊艳出场，给貌似平静的湖面又投下了一枚重磅炸弹——宝玉的婚事又一次被提上了议事日程，可惜琴姑娘名花有主，贾母又一次顾左右而言他。

皇上不急，太监急。眼见得形势越来越不利于自己的主子，紫鹃可不想坐以待毙，只好自己出手。那天，紫鹃试探了一句"在这里吃惯了，明年家去，那里有闲钱吃这个"，惹得宝玉呆病发作，听见姓林的来了就要打出去，看见屋里摆设的西洋自行船就乱喊乱叫，贾府上下只以为宝玉"不中用了"……紫鹃这一举动是冒了很大风险的，万一宝玉有个三长两短，她的小命也就保不住了。可紫鹃无怨无悔，毕竟这一招棋小有收获——刺探出了宝玉对小姐是真心的。

自此，宝哥哥喜欢林妹妹成了贾府公开的秘密。无奈，贾母等人依然在装聋作哑，林妹妹的终身大事还是没有一点进展。一日，薛姨妈母女在黛玉房中闲话，宝钗意欲将黛玉说与薛蟠，薛姨妈还算知趣，知道自己家的呆霸王配不上天仙般的林妹妹，顺口说了句"把林妹妹许给宝玉，岂不四角俱全。"林妹妹红了脸，紫鹃忙跑过来说："姨太太既有这主意，为什么不和老太太说去？"底下的婆子们也笑说："姨太太虽是顽话，却倒也不差呢……"

老奸巨猾的薛姨妈自然不会拿着笑话当真。王夫人心中自有主张。金钏儿蒙羞跳井，贾环借机进谗言，宝玉惨遭父亲毒打，一系列家庭风暴没有打压住少男少女心中刚刚萌发的爱情幼苗，那就休怪老娘无情，辣手摧花了。终日吃斋念佛的王夫人坚信"好好的宝玉，倘或叫这蹄子勾引坏了，那还了得"。王夫人憎恨一切和林黛玉相像的女孩子。搜检大观园时，第一个便是拿长得像林妹妹的晴雯作法。此前，就连可怜的粗使丫头四儿，眉眼儿有点像林妹妹，又和宝玉同日出生，曾经得空给宝二爷端了一杯茶，说了一句出格的话也被撵了出去……林妹妹和宝哥哥情路坎坷，前途渺茫，不言自明。

林妹妹聪慧过人，怎能没有察觉？只是情不知所起，一往而深。喜欢一个人真的没有理由。纨绔子弟，几个有真情？唯有宝玉怜香惜玉，有情有义，知根知底，青梅竹马……如果今生不能和相爱的人长相厮守，活着还有什么意思呢？

相思病没有什么灵丹妙药可医。林妹妹日思夜想，把自己的身子作践病了。别人不知林妹妹的苦处犹可，作为她身边人的紫鹃焉能不清楚？紫鹃作为林妹妹的贴身丫鬟、知心闺蜜，考虑问题还是成熟一些。宝黛二人闹矛盾了，她时常居中调停，可谓是宝黛恋的第一见证人。她时常以"我看宝二爷的心都在姑娘身上，都是姑娘小性儿，时常拿话呕他……姑娘千生气万生气，绝不该拿自己的身子当儿戏……留得青山在不愁没柴烧……"来开导林妹妹，可是现实太残酷，林妹妹来了这么多年，贾家连个像样的生日都没有替她过过，她怎能开心起来呢？

"若共你多情小姐同鸳帐，怎舍得叠被铺床？"若说起初，紫鹃还奢望有红娘的好命，生怕林妹妹嫁回南方去了，她必然要跟了去。可她又是合家在贾府的，若不去，辜负了素日常情；若去，又丢了本家。现在眼看林妹妹连命都保不住了，紫鹃欲哭无泪，绝望透顶。

"问世间情为何物，直教人生死相许？"没有什么比眼看着如花似玉的林妹妹日渐憔悴更令人熬煎的事情了。姻缘天定，造化弄人。紫鹃人微言轻，种种努力犹如螳臂当车，那里扭转得了主子的心意。紫鹃自知无力回天，唯有痛哭。

活活拆散鸳鸯，等于要了林妹妹和宝玉的命。就连一向稳重的袭人也不得已给贾母和王夫人说了实情。贾母的心是偏的，最爱的还是宝玉，叹息道："林丫头倒没有什么。若宝玉真是这样，这可叫人作难了。"王熙凤巧设掉包计，哄骗宝玉迎娶薛宝钗，深合上头之意。黛玉病危，贾母探视，丢下一句："咱们这种人家，这心病断断有不得……若是这个病，不但治不好，我也没心肠了。"让人寒心至极。

林妹妹虽在病中，眼见贾府上下人等都不过来，连一个问候的人都没有，睁开眼，只有紫鹃一人，自料万无生理。这边黛玉气若游丝，焚诗稿，留遗言，怨宝玉，让紫鹃肝肠欲断，暗骂："天下男子之心真是冰寒雪冷，令人切齿。"那边细乐缥缈，红烛高照，正是迎娶佳人的良辰吉时。偏偏那边要紫鹃去使唤，紫鹃啐道："等人死了我们自然是出去的，哪里用这么……"幸好，李纨在旁解说让雪雁去了，才没有惹出更多的口角。

尴尬人偏遇尴尬事。林妹妹仙逝之后，紫鹃工作变动——被分到了宝玉房里，伺候一对新人。紫鹃杵在那里，就像一盏高亮度的大灯泡，时不时提醒着林妹妹曾经存在过，让各色人等难以成眠。

越剧《红楼梦》里有一出《问紫鹃》，主仆两人一问一答，一个满腹怨恨，一个委屈不已，令人唏嘘不已。宝玉唱到"天缺一角有女娲，心缺一块难再补……你长恨孤眠在地下，我怨种愁根永不拔。人间难栽连理枝，我与你世外去结并蒂花"时，分明已预示着其遁入空门之心已决。

紫鹃的心中有个结，所以，她最后主动请缨——陪伴惜春修行。

这，不能不说也是一个善果。

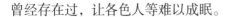

第三辑

临水照花

真话的作用

宁府的梅花开了，煞是好看，尤氏好意请贾母等人来赏花，却不想惹出了一桩风流命案。

赏花时，尤氏带着贾蓉之妻秦可卿招待众人。宁荣两府女眷在会芳园游玩，先茶后酒，吃喝玩乐，并没有什么别样的新闻趣事。

宝玉娇生惯养，一时倦怠要睡中觉，尤氏早有准备，便让秦氏带去歇息。没想到，宝玉看见客房墙上挂着劝人勤学苦读的画，再加上旁边写的是"世事洞明皆学问，人情练达即文章"，断然不肯在那屋里待。秦氏笑了笑说："不如去我屋里睡吧！""哪里有个叔叔往侄儿房里睡觉的理。"嬷嬷自知不妥，连忙劝说。秦氏笑道："哎哟哟，不怕他闹，他能多大呢，就忌讳这个！"

无巧不成书。谁也没想到，这一觉真睡出了问题。先是屋里那一股甜香袭人，一般人就招架不住。宝玉一个小孩子，刚一进入秦氏的内室，已眼饧骨软，何况成年男子？更别说屋内的春意图和华美陈设，有多蛊惑人心了。秦氏自己都说："我这屋子里大约神仙也可以住得了。"

这秦氏的卧房简直是太虚幻境的翻版。秦氏之美，世所罕见，难以描绘，见之难以忘怀。宝玉也不能免俗。他刚一合上眼，便恍惚睡去。梦中，宝玉随着秦氏在太虚幻境神游：窥见了"薄命司"里众女子"春恨秋悲皆自惹，花容月貌为谁妍"的悲惨结局，又闻了"群芳髓"，饮罢"千红一窟"，欣赏了《红楼梦》曲目，后与秦氏联姻，成就好事……正在难分难舍之际，宝玉却被夜叉拖入迷津，忍不住大喊："可卿救我。"秦氏暗惊——宝玉怎知我的小名？

虽说宝玉年少懵懂，不解男女之情。但这一次性启蒙，却让宝玉成熟起来。他逮着机会与袭人初尝禁果，自此之后，待袭人与别个自然不同。

这是后话，我们且说后来尤氏单请王熙凤来府游玩，宝玉闻说缠着也要去。贾母应允，王熙凤自然乐得讨贾母欢心，便携宝玉去了宁府。这次，宝玉偶遇秦氏的弟弟秦钟，两人十分投缘，便商议着一起读书。凤姐起身告辞，天晚了，尤氏等送至大厅，只见灯火辉煌，众小厮都在丹墀侍立。四周鸦雀无声，突有焦大趁着酒兴骂人。这焦大是舍命护主的老奴，在宁府原有些体面。今天，因嫌让他黑更半夜去送秦钟，就信口乱骂起来。贾蓉忍不得，便骂了两句，使人将焦大捆起来。焦大反大骂起贾蓉来。凤姐支招——把这些没王法的东西，早做打算，送到远处的庄子上去。众小厮见焦大放肆撒野，只得上来几个，掀翻捆倒，拖往马圈里去。焦大急了，乱嚷乱叫道："我要往祠堂里哭太爷去，那里承望到如今生下了这些畜牲来！每日家偷狗戏鸡，爬灰的爬灰，养小叔子的养小叔子，我什么不知道……"众小厮唬得魂飞魄散，也不顾别的了，用土和马粪满满地填了焦大一嘴。

凤姐和贾蓉等遥遥闻得，却也都装作没有听见。宝玉年幼，还觉得有趣，因问凤姐道："什么是爬灰？"凤姐立眉嗔目道："少胡说……"

说者无意，听者留心。秦氏听了这话，却如树被揭皮，一时羞愧得无地自容，恨不得当场撞死。焦大这么一闹，宁府的丑事人人皆知。秦氏颜面丢尽，无脸苟活人世，便生出暗疾来。

病中人需静养，却不承想节外生枝的事儿不绝。那日，秦钟和宝玉在学堂闹事之后，心中不满，也不识好歹，不管姐姐身体舒不舒服，就把大家闹事，还有一些不干不净的话都告诉了姐姐。偏偏这秦氏是个心细的，心又重，不拘听见个什么话都要度量个三五夜才罢的人，听了弟弟的是非话，断然没了活命的指望。

儿媳这病就是打着这秉性上头思虑出来的。别人的话不可信，她婆婆尤氏的话却不无道理。所以，尽管贾珍到处求医问药，儿媳秦氏的病却一日重似一日。

等到了贾敬寿辰的时候，秦氏已卧床不起，女客只有尤氏一人应酬。王熙凤去探病，宝玉也跟着要去。医家医得了病医不了命。秦氏自知去日不多，强颜答话。宝玉听了秦氏的话，再看那幅海棠春睡图，回想起太虚幻境的事来，如万剑攒心，不觉流下泪来。王熙凤让贾蓉带着宝玉先去贾母处，两个闺蜜又说了好多私房话。

一波未平一波又起。这边秦可卿因淫命儿丧，那厢贾瑞见熙凤起淫心。王熙凤回来路上碰见了贾瑞。贾瑞见了王熙凤，拿言语试探，以为有缘，便斗胆上门相见。苍蝇不叮无缝的蛋。好事不出门，坏事传千里。王熙凤自知人言可畏，便不动声色，巧设相思局害得贾瑞一命归西，也算把自己漂白了。只可怜了愣头青贾瑞，纵使有道士和尚的风月宝鉴，也救不了风流情种的小命。

某夜三更，秦氏大限已到。秦氏一贯温柔贤淑，口碑很好，临行前，托梦给王熙凤也很有章法。先是恭维王熙凤是个脂粉堆里的英雄，连那些束带顶冠的男子，也不能比过她。话锋一转，又说不能忘了两句俗语："月满则亏，水满则溢。""登高必跌重。"最后又道出了永保无虞的法子——在祖茔处置田庄，设家塾。万不可被眼前一件烈火烹油、鲜花着锦之非常喜事遮蔽眼目，须知"三春去后诸芳尽，各自须寻各家门。"

王熙凤也算讲义气的人，秦氏去后，尤氏嫌丢脸称病不能管事，贾珍痛丧儿媳、情妇，哀伤欲绝。王熙凤临危受命，把一场葬礼举办得空前绝后，隆重排场，就算是贾敬去世也不敢与之媲美。

只可惜，人死如灯灭，秦氏的肺腑之言，并没有真正惊醒女汉子王熙凤。"百足之虫死而不僵"，作为荣国府的当家花旦，王熙凤也觉察到前途堪忧，要不然她也不会一边苦苦支撑着荣国府的体面，一边打着自己的小九九——死命地往小金库里捞钱。哪怕为此草菅人命，徇私枉法，也毫无顾忌。贵妃省亲犹如回光返照，加速了贾府的衰败。王熙凤纵使聪明绝顶，也绝对想不到灾难会来得这么快、这么猛、这么狠。

焦大的一句话要了一位风华绝代的佳人性命，让秦氏在最美的年华遽然谢幕，给人留下了无限遐想。

秦可卿一番真心诚意的劝告，却点不醒八面玲珑的王熙凤。偌大的贾府说散就散了，只留下"白茫茫一片世界真干净"。

虽说大厦将倾，一人难有回天之力，但那句老话"听人劝，吃饱饭"也不无道理。如果一语能够惊醒梦中人，也许我们就不会眼看着一个个青春的生命过早地凋零；如果秦氏之死，可以唤醒一个觉悟者，荣宁两府也不至于衰败得如此之快；如果生者的眼泪可以洗刷逝者的罪孽，人世间的生离死别也不会频频上演。

可惜，人世间没有如果。

只有真话和真理一样稀缺，从来不说两遍。

娇妻美妾

在封建社会，一个女人如果没有生养儿子，在夫家的地位肯定要受影响。可是这老一套到了王熙凤跟前似乎没有用。没儿子怎么了？王熙凤照样稳稳地当着荣国府的家，王夫人乐得清闲。

我们不妨从贾母想方设法为王熙凤过生日说起。《红楼梦》里贾母只特意为两个人——王熙凤、薛宝钗操办过生日，这值得研究研究。

且说，那日偏偏贾母兴致高，出了一个新法子，既不生分，又可取乐——学那小家子，大家凑份子给王熙凤过生日。贾母的喜好向来是贾府的风向标。一时，贾府上下人等，欣然应诺，就连两位姨奶奶也答应每人拿出二两月例银子来。尤氏悄骂王熙凤道："我把你这没足厌的小蹄子！这么些婆婆婶子来凑银两给你过生日，你还不足，又拉上两个苦瓠子作什么。"王熙凤笑道："一会儿离了这里，我才和你算账。"

说话间，早已有人合算了，共凑了150余两银子。贾母发话道："这件事我交给珍哥媳妇（尤氏）了。越性叫凤丫头别操一点心，受用一日才算。"

尤氏答应着，等众人散去，私下里向王熙凤讨主意。王熙凤说："你不用问我，你只看老太太眼色行事就完了。"尤氏恭喜王熙凤行了大运，王熙凤却不买尤氏的账。尤氏笑说："我劝你收着些儿好，太满了就泼出来了。"

尤氏在人情世故上，不比王熙凤差，要不然出身寒微的她也当不了宁府的女一号。尤氏收份子钱时，该收该退，毫不含糊，随后又和鸳鸯商议具体事宜。尤氏明白，贾母会玩，是要借着给王熙凤过生日给自己找乐子，所以一定要讨得贾母的欢喜——也就是只听贾母的大丫鬟鸳鸯的主意行事便可。

展眼已是九月初二日，园中人打听到尤氏办得热闹，全都打点着取乐玩耍。偏偏宝玉一早上就偷跑出去给金钏儿烧纸了，贾母急得直骂下人。待宝玉回来之后，众人就像得了金凤凰一般，才安心看戏。贾母说："让凤丫头坐在上面，你们好生替我待东，难为她一年到头辛苦。"各色人等会意，便都上前敬酒。凤姐儿自觉酒沉了，心里突突突地似往上撞，要往家去歇息。平儿很敬业，时刻留心主子的动静，也忙着跟上来。凤姐扶着她，刚到了廊下，一个小丫鬟见她俩来了转身就跑。凤姐儿起了疑心，打了小丫鬟一巴掌，才知道二爷正在屋里和鲍二家的风流快活着呢！

原来，贾琏只要离了凤姐便要生事。上次，巧姐出水痘，医生让他们供奉痘疹娘娘，凤姐儿吩咐贾琏搬到外书房，自己和平儿都跟着王夫人日日供奉娘娘。贾琏平日里，内惧娇妻，外惧孪宠，趁着那几日无人管束，竟然和下人的媳妇多姑娘勾搭在了一起。平儿整理被褥时，发现了端倪，巧妙瞒过王熙凤，救了贾琏一命。贾琏感激平儿，搂着平儿求欢，平儿死命挣脱。平儿知道王熙凤是个醋坛子，自己不生养，也不给别的女人留一点机会——找借口打发了贾琏原来的屋里人，折磨死了几个陪嫁丫头，又怕人说闲话，让自己做个名义上的通房丫头罢了。

凤姐闻讯，乐极生悲，但她还算镇静，马上要进去捉奸。她蹑手蹑脚地走到窗前，听见里头有妇人笑说："多早晚你那阎王老婆死了就好了。"贾琏道："她死了，再娶一个也是这样。"那妇人道："她死了，你倒是把平儿扶了正，只怕还好些。"贾琏道："如今连平儿她也不叫我沾一沾了，平儿也是一肚子委屈，不敢说，我命里怎么就该犯了'夜叉星'。"凤姐听了，气得浑身乱抖乱战，便回身把平儿打了两下，再一脚踢开门进去，也不容分说，抓着鲍二家的厮打一顿。又怕贾琏出去，便堵着门叫骂道："好淫妇！你偷了主子汉子，还想治死主子老婆！"说着又把平儿打了几下。平儿有冤无处诉，只是气得干哭，哭着哭着便打起了鲍二家的。一时间三个女人厮打起来，贾琏不好对凤姐发作，踢骂平儿道："好娼妇！你也动手打人！"平儿急了，跑出来找刀子要寻死。这里凤姐一头撞在贾琏怀里撒泼，气得贾琏拔出剑来要杀凤姐。

正闹得不可开交，只见尤氏等一群人来了，贾琏见有人来便逞起威来，越发"依酒三分醉"，故意要杀凤姐儿。凤姐儿情急之下，逃到贾母处。

姜还是老的辣。贾母见多识广，处理这类家庭纠纷轻车熟路。先以叫他老子

来吓退了贾琏，再劝解凤姐："什么要紧的事儿！小孩子们年轻，馋嘴猫似的，那里保得住不这么着。从小儿世人都打这么过的。"凤姐儿再委屈，也不敢多说一句话。贾母又意欲把是非转嫁到平儿身上，幸亏尤氏说："平儿没有不是，是凤丫头两口子不好对打儿，都拿着平儿煞性子。"平儿才免遭了一场飞来横祸。

众人拿话劝慰了半天，平儿自觉脸上有了光辉，方才渐渐地好了。宝玉因自来从未在平儿跟前尽过心，深以为憾。忽思及贾琏唯以淫乐悦己，并不知作养脂粉。又思平儿并无有父母兄弟姊妹，独自一人，供应贾琏夫妇二人，贾琏之俗，凤姐之威，她竟能周全妥帖，今日还遭荼毒，想来此人薄命，比黛玉尤甚，不禁伤感起来，潸然泪下。

第二日，当着贾母的面，贾琏先后给王熙凤和平儿赔礼道歉，三人和好，一道回家。鲍二媳妇自知没有活路，只好上吊自尽。贾琏给了鲍二许多银两，又许诺再给他另挑个好媳妇。鲍二又有体面，又有银子，反倒成了贾琏的心腹。

夫妻这次过招，基本上打了个平手。贾琏继续过着幸福的生活。但是，"不孝有三，无后为大。贾琏守着这个不会生儿子的王熙凤，总觉得有点美中不足。加之有父母撑腰，贾琏便盘算着以生养子嗣为借口再纳个称心如意的小妾。想想贾琏好歹也是贵族子弟，怎么能没有儿子呢？再说了，贾琏的老爹都一大把年纪了，妻妾还是贾府里最多的，贾琏年纪轻轻，只有一妻一通房丫头也真有点说不过去。

贾琏偶见了尤三姐，也不顾国孝家孝在身，便偷娶了过来。本打算生米做成熟饭——生下儿子再告诉家里，没想到王熙凤这个崇尚一夫一妻制的女权主义者，眼里容不得一粒沙子。闻得此事后，王熙凤先下手为强——趁着贾琏出差，使尽甜言蜜语先把尤三姐骗进贾府，再慢慢收拾。偏巧贾琏差事办得顺利，父亲赏了秋桐与他做妾，便把尤二姐丢在了一旁。小三未除、小四又得了宠，王熙凤一时气得牙痒痒，想出了一石四鸟的妙计，害得尤二姐吞金自戕，秋桐失宠，贾琏官司缠身，尤氏低声下气赔礼道歉……害死了两条人命，王熙凤却一脸无辜，愣是让贾琏抓不住任何把柄。夫妻俩这次过招，贾琏"娇妻美妾"的愿望彻底落空，他只好甘拜下风，忍辱负重地维持着以前的太平日子。

月有阴晴圆缺，人有旦夕祸福。尽管王熙凤做老婆尽职尽责，但心有余力不足——流产、妇科疾病，家事繁多，折磨得美人失色，对贾琏寻花问柳也只好睁一只眼闭一只眼了。

多行不义必自毙。人命关天的事儿，终究埋下了祸患——贾雨村抓住话柄，参了贾府一本。鲍二媳妇一语成谶，形势发生了大逆转，王熙凤一命呜呼，平儿不战而胜。王熙凤争强好胜，聪明反被聪明误，反送了卿卿性命。人都说平儿守得云开雾散。但是谁能相信贾琏这个纨绔子弟，能长点记性——听平儿的劝告，安安生生过日子呢？

要想新一幕娇妻美妾的好戏不再上演，除非平儿也如尤氏一般——对老公的放纵视而不见。

美人心计

　　两个才貌双全的千金小姐与一个玉树临风的豪门公子之间，一定有很多好戏可看。

　　戏开场了。贾母蠲资二十两，为来贾府一年的宝钗庆贺十五岁生日，置办了酒戏。贾母的原意是提醒宝钗到了及笄之年，应该搬出去早点嫁人了。可是王夫人姐妹俩却将逐客令宣传成了贾母对宝钗的偏爱——贾母这么隆重地给晚辈过生日，这在贾府可是头一遭，绝非一般人能享受的待遇。像林妹妹在贾府生活了多年，过生日不过是用两件新衣裳打发一下而已。

　　宝钗的生日宴会美女云集，气氛热烈。小寿星乖巧可爱，点一处谑笑打诨的《刘二当衣》哄得贾母眉开眼笑；小寿星见识过人，念一支辞藻绝妙的《寄生草》与宝玉，听得帅哥拍膝画圆，称赞不已；小寿星知书达理，应对自如，承欢膝下，让贾母等人尽享天伦之乐。

　　好戏还在后头呢！贾母看戏看得高兴，善心大发，叫人赏几个钱给小旦。湘云心直口快，说了一句大煞风景的玩笑话——戏子倒像林妹妹的样子，无异于捅了马蜂窝。林妹妹着恼暗生闷气，湘云一怒直接从潇湘馆搬至贾母的里间睡了。宝玉好心办坏事，两头受气，烦恼不堪，参禅悟道以求解脱。林妹妹这次小性儿发作，后果很严重，既偶失闺蜜，又恐宝玉着恼，还惊动了贾母，真教人不知如何看待她。这件事比起那次因为一对宫花而得罪周瑞家的要严重得多。

　　不得不服啊！人和人之间差距就是这么大。宝姐姐在贾府住了一年，收获颇丰。宝钗培养了如贾母相同的爱好——抹骨牌、吃甜烂食物、看热闹戏文，会看眉高眼低才是在贾府生存的基本功。林妹妹把屋子收拾得像公子的书房，终日读书吟诗，风花雪月，感时伤怀的文艺范儿真是有些不合时宜。看看宝姐姐在贾府过得如鱼得水，多滋润多风光多有成就感呀！贾母等人喜欢也罢了，就连元春赏赐，也是独与宝玉同一份儿。林妹妹相形见绌，心里难免有些酸楚。唉，可怜的林妹妹，寄人篱下，年幼无知，爹娘双亡，又没个知冷知热的人指教，由着性子来只会坏菜。

人常说"功夫在诗外"，其实恋爱也一样。宝姐姐不愧为山中高士，早已吃透了婚姻大事"父母之命，媒妁之言"的精神实质，发现了成就金玉良缘的关键不在于宝玉而在于贾母、王夫人的门道。思想路线正确了，行动纲领自然没问题。宝姐姐越来越懂事，谨守男女授受不亲之大防，平日里总是远着宝玉，一有机会便如大人般苦口婆心规劝宝玉要走仕途经济之道。宝姐姐口碑越来越好，团结诸位姐妹和上下人等包括情敌林妹妹，做事稳重大方，待人礼数周全，说话讨人喜欢，可谓人见人爱、花见花开。

世外仙姝寂寞林，一味地跟着感觉走，日日缠绵着宝哥哥，也就无暇顾及其他。人说恋爱中的女人都很傻，林妹妹也不例外，何况这是她的初恋，自然格外投入格外挑剔格外重视。林妹妹一天到晚纠结于宝哥哥的一言一行中，昨日那桩公案未了，今天误会又生，小性儿频发。为了几句玩笑话，为了一顿闭门羹，极尽挖苦讽刺、哭闹争辩、赌气不理人之能事。有时候严重了，今日缄香囊，明日葬花吟诗，后日称病不思饮食，一起又一起，令人不胜其烦。宝哥哥成日里低三下四，想方设法，赔笑脸，说软话哄林妹妹开心。贾母撂了句"真是越大越成了孩子了"，意味深长呀！事情到了这个份上，可不是闹着玩的，在"风刀霜剑严相逼"的贾府里，一旦造成了林妹妹爱使小性儿辖治宝哥哥的社会舆论，林妹妹的处境可就危险了。

螳螂捕蝉，黄雀在后。宝哥哥一门心思扑在林妹妹身上，今日以"早知今日，何必当初"，明日以"先来后到，后不簪先。"，后日又以"亲情排序、赌咒发誓"来表明心迹，终抵不过鸡毛蒜皮的现实打击，反惹得林妹妹醋海翻波，惆怅不已。宝姐姐看得腻歪，无意中不动声色地使出"金蝉脱壳"之计，嫁祸于情敌，也是情理之中。

爱情像一场高热的疾病，把一个天真烂漫的少女害得不可理喻、神魂颠倒，离心仪的爱人渐行渐远。婚姻却如一场智慧的较量，使一个心思缜密的宝姐姐变得成熟懂事，步步为营，距渴望的生活越来越近。

又一幕好戏开场了。清虚观打醮，张道士为宝玉提亲，贾母说：一则宝玉命里不该早娶，等大一点儿再定；二来要打听模样儿性情难得好的。照这标准，非伊人莫属。因宝玉心中不自在，林妹妹中暑，贾母执意不再去看戏。潇湘馆里，宝哥哥为表真心却越描越黑，林妹妹疑神疑鬼越说越气，话赶话反倒越说越生分，宝哥哥发怒又摔又砸通灵宝玉，林妹妹边吐边哭，索性剪断玉上系的穗子。动静闹大了，贾母出面，两人方才作罢。贾母以"不是冤家不聚头"打圆场。宝黛二人闻听此话，若有所思。一个在潇湘馆临风洒泪，一个在怡红院对月长吁。真是：人居两地，情发一心。

毕竟都是十几岁的少女少男，宝姐姐的涵养也好不到哪里去。宝哥哥和林妹妹前嫌尽释，和好如初了，宝姐姐开始借机敲打，以一句"负荆请罪"羞得兄妹二人面红耳赤。合该宝玉倒霉，那日随便和金钏儿打情骂俏了几句，恰好被母亲王夫人逮了个正着，吓得一溜烟跑掉。路遇龄官画蔷流泪又痴了一阵，淋雨后跑回家，叩门半天不开，没好气踢伤了花袭人。送麒麟时，湘云借机劝二哥哥要走正道，宝玉生气地请史姑娘离开。袭人、湘云盛赞宝钗，宝玉不以为然，反称林妹妹为自己的知己。此语正好被林妹妹听见，欣慰不已。宝玉一句"你放心"让林妹妹如雷轰电掣，热泪长流，回身便走。宝玉意乱情迷之际，误把袭人当成林妹妹倾诉衷肠，暗埋祸端。

祸不单行。王府来贾府索拿琪官，恰逢金钏含耻投井身亡，贾环借机进谗言陷害兄长，贾政怒不可遏，毒打宝玉。宝玉挨打，事出有因，流荡优伶，淫辱母婢倒也罢了，其他隐情更是不堪。患难见真情，遇事的时候也是识人的机会。袭人的巧言提醒，深受王夫人喜欢，同时注定后面将祸事不断。宝钗善解人意，以金钏淘气，在井边玩耍失足落水，化解王夫人逼死丫鬟的尴尬，暗合王夫人之意。宝玉挨了打，宝钗送药，以示关怀。黛玉探望，无声抽噎，用情深也。宝玉深夜遣晴雯赠帕以慰相思，惹得林妹妹心神荡漾，难以成眠，自感去日不多。也许聪慧如她，早已知道这个连为她置办一场生日酒戏都不能做主的男孩，能给她的爱情，也就是这么一句无力的承诺。只这一句，胜却人间无数；只这一句，此生足矣，死而无憾。

纵然，宝哥哥再不知天高地厚，也知道这句话一旦说出，只会让林妹妹成为众矢之的，只会让花儿离开枝头，凋零得更快一些。可这一切的一切，都是情非得已，命中注定，难以幸免。第二天，贾母率众探病，宝钗奉承贾母最巧。贾母、王夫人等当着薛姨妈的面交口称赞宝丫头好。人生情缘，各有分定。婚姻之事，金玉良缘大势已成，木石前盟希望渺茫。

驱逐美晴雯，搜检大观园，意料之外，情理之中，或迟或早的事儿，早一天晚一天没什么差别。巧取豪夺，聚众豪赌，放钱套利，草菅人命，常在河边走，哪能不湿鞋。女大不中留，儿大不由娘，纵然宝姐姐千好万好，宝哥哥跟她不来电，就算娶进门也是白搭。即便林妹妹不招王夫人待见，宝哥哥自己喜欢就好，何必费尽心机棒打鸳鸯，酿成一个归天一个出家的悲剧？出来混，总是要还的，抄家之灾，飞来横祸，气数到了，任谁也回天乏术。

悲剧是什么？是把美好的东西毁灭了给人看。叔本华说："悲剧之中又有三种之别：第一种之悲剧，由极恶之人极其所有之能力以交构之者。第二种由于盲目的运命者。第三种之悲剧，由于剧中之人物之位置及关系而不得不然者，非必有蛇蝎之性质与意外之变故也，但由普通之人物、普通之境遇逼之，不得不如是……但在第三种，则见此非常之势力足以破坏人生之福祉者……此可谓天下之至惨也。"

最大的悲剧是什么？若《红楼梦》，实乃第三种之悲剧也！王国维曰："《红楼梦》一书，彻头彻尾的悲剧也。兹就宝玉、黛玉之事言之，贾母爱宝钗之温婉而惩黛玉之孤僻，又信金玉之邪说而思压宝玉之病。王夫人固亲于薛氏，凤姐以持家之故，忌黛玉之才而虞其不便于己也。袭人惩尤二姐、香菱之事，闻黛玉'不是东风压西风，就是西风压东风'之语，惧祸之及而自同于凤姐，亦自然之势也。宝玉之于黛玉信誓旦旦，而不能言之于最爱之祖母，则普通之道德使然，况黛玉一女子哉！由此种种原因，而金玉以之合，木石以之离，又岂有蛇蝎之人物、非常之变故行于其间哉？不过通常之道德、通常之人情、通常之境遇为之而已。"

可怜天下父母心。封建家长想挑选一个端庄大方、处事周全、门当户对、模样性情都好的媳妇，本没什么大错。两个绝世美女倾慕一个贵族公子，思嫁豪门，实乃人之常情。一个巧施爱情三十六计收获了婚姻，一个为爱痴狂相思成疾魂归离恨天，结果爱情燃烧成灰，婚姻苍白无力，谁能说清到底是婚姻胜出了还是爱情永生了？是物质需要重要还是精神满足可遇不可求？难道一切都是天意？一切都是命中注定？一切都是不可逆转？难道命里有时终须有，命里无时莫强求？任你机关算尽也走不进一个人的心里？凭你泪水流干也促不成一段姻缘吗？

面对一个六七十岁的银发老爷可以正大光明地纳妾、十五六岁的小姐公子互生爱慕之情却被视为伤风败俗的畸形社会，有必要谈什么公道、什么爱情、什么婚姻吗？

多情总被无情临

如果天上没有掉下个林妹妹，多情公子贾宝玉是不是可以一直做他的富贵闲人，享受"富三代"的腐败生活呢？也许他和同时代别的男人一样，娶了薛宝钗，又纳了袭人、晴雯、金钏儿等人为妾，娇妻美妾，左拥右抱，美满幸福得没法说呢？也许他被宝姐姐改造得服服帖帖，不近女色，一心只读圣贤书，最终金榜题名，光宗耀祖，仕途光明，说不定还会被粉丝们奉为文曲星下凡，被朝廷敕封为道德模范，一代文豪呢？

可是天不遂人愿。这个终日在脂粉堆中厮混、摸爬滚打、爱吃姐姐唇上口红、见惯了世间大场面，对美女免疫力极强的公子哥儿，遇到了娇若西子的林妹妹，惊为天人，一见如故，视为同类，直接上演了一幕狠摔通灵宝玉（冥冥之中反对金玉良缘）的真情告白。看来木石前盟（贾家与林家应有某种约定），命中注定，在劫难逃。

心有灵犀一点通，宝哥哥相信自己的第六感觉，耳鬓厮磨的林妹妹实非凡品，颦儿真的是举世无双的红颜知己。虽然美若天仙、聪慧过人、冰清玉洁的林妹妹心较比干多一窍，遇事却有点儿想不开；虽然寄人篱下、父母双亡、身世飘零的林妹妹不愿委曲求全，时不时爱耍小性儿；虽然弱柳扶风、娇喘微微、感时伤怀的林妹妹还是个爱搞葬花吟诗的文艺女青年，可宝哥哥就是喜欢，谁也没有办法。在贾母、王夫人等人女子无才便是德的道德标准打量下，林妹妹在这一点上实在是一个不合时宜的新娘候选人。

可宝哥哥不管不顾，依然引林妹妹为知己。宝哥哥对林妹妹的喜欢，是后人所谓的意淫，是纯纯的男孩对女孩的喜欢，这喜欢不是单纯的情人眼里出西施的盲目崇拜，这是"愿得一心人，白首不分离"相知相惜的朦胧初恋。王夫人等人固然不能妨碍宝哥哥对林妹妹的喜欢，但完全可以略施小计让脆弱敏感的林妹妹知趣一点儿。

哪个少女不怀春？哪个少男不动情？可惜那个时代不讲自由恋爱，流行风尚是"终身大事，父母之命，媒妁之言"。不管宝哥哥在贾府有多受宠，也不敢直接说出非林妹妹不娶的真话。宝哥哥喜欢林妹妹，这一种青梅竹马油然而生的感情，触动的是门当户对的利益底线，自然免不了引发一系列的悲剧。心无旁骛的宝哥哥，对宝姐姐在一旁频频示好无动于衷，始终对林妹妹一往情深。天真单纯的林妹妹，被感情冲昏了头脑，把小女生的甜蜜忧伤写满一脸，三天两头地赌气流泪，拌嘴生病，直至惊动了贾府上下。贾母宁愿相信这是"不是冤家不聚头"，是小孩过家家的玩闹，也不敢捅破这张窗户纸。直接以"和尚说了，宝玉的亲事不能早定"来封住众人之口。稀泥抹不住光墙，一个是自己亲亲的外孙女，一个是儿媳妇的亲侄女，手心手背都是肉，贾母作难了。

　　八面玲珑的王熙凤嗅到了一丝异常，从此不再以"你住我们家，吃我们家，干脆给我们家做媳妇好了"来打趣林妹妹了。"好好的宝玉，怎能让那些狐媚子给带坏了。"老爹的威严打不灵醒儿子，老妈自有管教儿子的绝招。平日里对林妹妹不冷不热的二舅母——王夫人行动了。老虎不发威，还让人以为是病猫。羞杀金钏儿，暴打贾宝玉，笼络花袭人，驱逐美晴雯，这个吃斋念佛的修行之人一招比一招凌厉，直接打破了贾母欲以晴雯给宝玉做妾的如意算盘。晴雯一命归西之后，她轻描淡写地回过贾母，贾母只好以橘生淮南则为橘，生淮北则为枳敷衍了事。尔后，藉着一个图案不雅的情色鸳鸯荷包为借口，王夫人严令连夜搜检大观园，下人们乘机作威作福，自然又引发了几桩命案。

　　心思缜密的宝姐姐当然也不会坐以待毙。宝姐姐不动声色，巧施爱情三十六计，疏远宝玉谨遵男女授受不亲的祖训；亲近林妹妹树立娴淑美德迷惑稳住情敌；迎合老祖宗讨取最高统治者的支持；讨好姨妈王夫人取得未来婆婆的认可。宝姐姐长袖善舞，暗地里做足了功课，耐心地静观其变。可怜宝哥哥与林妹妹在明处演戏，破绽百出，还自以为初恋进行得极其隐秘，不为人知呢。

　　强强联手，战绩不俗。如此辛辣狠毒、接二连三的打击，使这位衔玉而生的多情公子变得疯疯癫癫。通灵宝玉——宝玉的命根子，几次莫名其妙地失踪，更是闹得贾府上下人心惶惶。宝哥哥十八岁了，在当时绝对是大龄青年了，亲事不能一拖再拖了，痴痴呆呆的贾宝玉、病病歪歪的林黛玉、郁郁寡欢的薛宝钗，纠

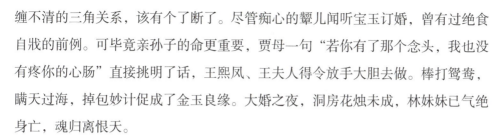

缠不清的三角关系，该有个了断了。尽管痴心的颦儿闻听宝玉订婚，曾有过绝食自戕的前例。可毕竟亲孙子的命更重要，贾母一句"若你有了那个念头，我也没有疼你的心肠"直接挑明了话，王熙凤、王夫人得令放手大胆去做。棒打鸳鸯，瞒天过海，掉包妙计促成了金玉良缘。大婚之夜，洞房花烛未成，林妹妹已气绝身亡，魂归离恨天。

宝哥哥喜欢林妹妹，是心心相印的精神恋爱。宝姐姐思嫁豪门，是奔着少奶奶的名分和荣华富贵的婚姻去的。爱情与婚姻一步之遥，却差之毫厘，谬以千里。一个人如果能够把爱情带入婚姻，便是幸福美满；一个人如果久经岁月剥蚀，让爱情蜕变为亲情，那是真实的生活；一个人如果把心给了爱情，把身体放在婚姻里，注定是悲剧一场。宝哥哥是个念起则万水千山，缘灭则沧海桑田的性情中人，失去爱情，活着还有什么意义呢？这个没受过挫折一直把爱情当饭吃的大男孩，抗击打能力太弱，在婚姻上栽了个大跟头，从此失魂落魄，便再也爬不起来了。

其实，宝哥哥生活的那个时代，世家公子中纨绔子弟居多，有几人仔细分辨过爱情与婚姻的界限？男人荒淫如贾珍、贾琏、薛蟠之流比比皆是，女人好比衣服，大不了是新鲜劲一过再讨几个姬妾而已。像王熙凤那般厉害的女子，想方设法满足老公，都守不住花心大萝卜琏二爷，为了自保，尚且不惜借刀杀人害死尤二姐，软弱如迎春等金闺弱柳，只有一载赴黄粱的份儿。各大家族外表光鲜，内部都是正庶有别，争风吃醋，争权夺利，尔虞我诈。林妹妹娇弱多情，怎能跳那样的火坑？宝姐姐心知肚明更不会自讨苦吃。好容易碰见一个把女孩儿当宝贝的多情公子，这两个各具千秋的女孩儿自然都不会放手。春梦随云散，飞花逐水流。如今木已成舟，宝哥哥成日空对着山中高士晶莹雪，终不忘世外仙妹寂寞林。叹人间，美中不足今方信。纵然举案齐眉，到底意难平。

林妹妹走了，爱情飞了，知音没了，宝哥哥的心空了。或许，俗世中无法让纯粹的爱情生长，真爱的滋味，只有在青灯古寺、佛国仙界细细品味。宝哥哥心灰意冷，无牵无挂，看破红尘，遁入空门，寻求解脱。不知此法是否有效？此时的贾府，虽然今非昔比，但瘦死的骆驼比马大，那残存的尊荣体面又为谁而设？有谁愿意看到千红一哭、万艳同悲、好似食尽鸟投林、落了片白茫茫大地真干净的结局呢？

理想的儿媳妇

贾府千好万好，似乎就差给宝玉娶个好媳妇。

好姑娘那么多，王夫人可不会挑花眼，她的主意很正——儿媳妇首先得跟自己一条心。妹妹的女儿宝钗知书达理，事事顺着自己的心意，当然是最佳人选。只是，前面挡着个小姑子的女儿黛玉，让人有些作难。

论家势，薛家是皇商，家大业大，白花花的银子数不清。林家就剩下一个小姐，孤苦无依，家底早都打包运到了贾府，可是有婆婆护着，眼下也奈何不得。

论样貌，两个都是世间少有的美人。论身体，一个面如满月，眼如春杏，天生的肌骨丰盈，富贵吉祥；一个娇喘微微，眉眼含愁，行动如弱柳扶风，一口气都能吹倒，高下立判。

眼看宝玉大了，提亲的人都快把门槛踏断了。宝玉这傻孩子，一听介绍的是外头的女孩子就犯牛脾气。当妈的怎么看不出儿子的心思呢？当奶奶的更聪明，看出了这一对母子各怀心思，又不便言明。老太太不愧久经风浪，先是以宝玉还小堵住了提亲者的口，哄孙子开心。到后来，连德高望重的老和尚都要给宝玉提亲了，老太太知道这回得亮出底牌了，便说：我们这样的人家，姑娘的家势、样貌倒在其次，性情要好，行事要大方。你若有这样的好姑娘就介绍，没有就拉倒。

老和尚也是鬼精灵。当然知道贾府中有两位绝世佳人，一个是老太太亲闺女的骨肉，一个是老太太媳妇亲妹妹的姑娘，世上哪儿有超出宝黛之人呢？所以，老和尚只好知难而退了。

贾母说的是真心话。王夫人中意宝钗，但宝玉和宝姐姐不来电。宝玉和林妹妹情投意合，但媳妇明摆着看不上这个病病歪歪、爱耍小性儿的外甥女。要是真有个兼具宝黛之美的姑娘，贾母二话不说，一定会追着缠着让人家给宝贝孙子当媳妇。要知道，老太太早都盼着孙子成婚呢！虽然，贾府已经四世同堂了，但长孙贾珠走得早，李纨母子生性好静不喜热闹，并不能时时承欢膝下。老太太宠

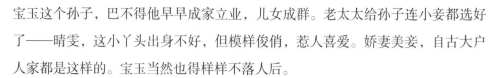

宝玉这个孙子，巴不得他早早成家立业，儿女成群。老太太给孙子连小妾都选好了——晴雯，这小丫头出身不好，但模样俊俏，惹人喜爱。娇妻美妾，自古大户人家都是这样的。宝玉当然也得样样不落人后。

宝琴的出现，曾经让贾母以为自己烧香拜佛应验了——老天爷真的赐给了宝玉一个兼具宝黛之美的媳妇。老太太一定是让喜悦冲昏了头脑，一见面就喜欢人家姑娘得不得了，一下子把压箱底的一件大红袍子送给了人家。这让宝钗和林妹妹一众女孩儿心里都酸溜溜的——有这么好的东西，怎么都舍不得给我们穿。

老太太这会儿才顾不上照顾谁的小情绪，她欢喜得过了头，以为期盼已久的理想的孙媳妇出现了，指着站在雪地里穿着大红雪袍的宝玉和宝琴连连称赞：郎才女貌、金童玉女……

老天爷和她开了一个天大的玩笑。这么优秀的女孩子，跟随父亲走州过县，见识过人，岂能是剩女？人家早都许了人家了，快要过门了。

宝玉的婚姻大事，绕来绕去，又回到了三角恋的起点。

把林妹妹嫁出去不就得了？说起来简单，操作起来棘手。这不是赔一笔嫁妆的问题。估计林妹妹一哭二闹三上吊，宝玉一疯二傻三出走。这种棒打鸳鸯的做法，闹不好要出人命的。那场面就太不堪了，也不是贾府这种人家的行事方式。

王夫人反复咂摸婆婆的话——姑娘的家势、样貌倒在其次，性情要好，行事要大方。不得不佩服婆婆她老人家真是英明无比。其实，想一想，家势、样貌这些差不多就行，真的是其次，新媳妇性情温和、行事大方，才能把自己那个不求上进的儿子管束住，才能支撑门户，光宗耀祖。要是娶个林妹妹，一天任着宝玉的性子来，不问经济仕途、应酬往来、账目出入、柴米油盐，这家要不了几天就败光了。再说了，林妹妹身子骨弱，能完成传宗接代的大任吗？为了家族前途，为了子孙绵延之大计，贾母已经大义灭亲，已经下了明确指示了呀！王夫人为自己终于领会了婆婆的旨意而庆幸。

万一婆婆后悔了怎么办？毕竟林姑娘是大姑子的女儿呀！王夫人一向心慈手软，这回为了宝玉可真是豁出去了。笼络花袭人，驱逐美晴雯，搜检大观园，一时间人人自危，杀机四伏。王夫人做这一切都是在试探婆婆。老太太听说晴雯被赶出去不久病死了，并没有追究，只是淡淡地说了句"这孩子先前还好"，言下之意，现在越长越不懂事了，变了样了，死了活该！其实，这又何尝不是在影射林黛玉呢？

王熙凤这个精明的管家婆，早已明白了一切，为了讨好王夫人，她巧设偷梁换柱之计，促成了金玉良缘，将绝望无助的林妹妹逼上了死路。

王夫人终于娶到了理想的儿媳妇，可她的宝贝儿子宝玉却离家出走了。

元春的眼泪

秦可卿离世前给王熙凤托梦，交代了在祖茔附近置田地，按房掌管家塾之事后，不日又有一件非常喜事，真是烈火烹油，鲜花着锦之盛。

这烈火烹油，鲜花着锦之非常喜事就是贾元春省亲。

贾元春是贾府子女中的佼佼者，早早被选秀入宫，才选凤藻宫，贵为妃子。

朝中有人好做官。贾元春是贾府的骄傲，因了她，贾政等上下人等就是皇亲国戚。贾元春一介女流，身在后宫，顾念家中大小事务，尤其牵挂幼弟宝玉，时时带信出来与父母说："千万好生扶养，不严不能成器，过严恐生不虞，且致父母之忧。"

一入侯门深似海。贾元春入宫之后再也没有回过娘家。承蒙圣上开恩，妃子们可以回家过一次元宵节。皇恩浩荡，普天同庆，这可是破天荒的事情。

消息一传出来，贾政等圣上的岳父们就忙活起来了。妃子们只有一次回娘家的机会，接待的规格自然要高，仪式要隆重一点，最起码先得盖个省亲别墅。

说干就干，荣国府宁国府请来能工巧匠，因地制宜，顺势把两府的园子打通，把整条街连起来，修起一座巍巍然巧夺天工、富贵风流的大园子。

千辛万苦地建好了园子，众人都眼巴巴地盼着元妃省亲。那天一大早，阖家老少都盼着元妃早点驾临，太监说到了黄昏时分（七八点）才能领旨起身。众人只好苦等。没想到真的见面了，元妃满眼垂泪，一手挽贾母，一手挽王夫人，只管呜咽对泣。众人俱在旁围绕，垂泪无言。半日，元妃方忍悲强笑道："当日既送我到那见不得人的去处，好容易今日回家娘儿们一会，不说说笑笑，反倒哭起来。"见过众女眷，又不免哭泣一番。

贾政在帘外问安，元妃含泪曰："田舍之家，虽齑盐布帛，终能聚天伦之乐；今虽富贵已极，骨肉各方，然终无意趣。"

见了温香软玉的宝、林二人，元妃又命人引宝玉进来，携手揽于怀内，又抚其头颈笑道："比先竟长了好些……"一语未终，泪如雨下。

至正殿，谕免礼归坐，大开筵席。元妃亲搦湘管赐名题诗：

衔山抱水建来精，多少工夫始筑成。

天上人间诸景备，芳园应赐大观名。

元妃抛砖引玉，试探宝玉诸人的才情。姊姊们一人一首，很快见了分晓，终是薛林之作与众不同。宝玉连作四首，未免为难，幸有黛玉暗助一首《杏帘在望》，连忙恭楷呈上。元妃看毕，喜之不尽，说："果然进益了！"又指"杏帘"一首为前三首之冠。

欢聚的时间总是过得很快，看了四出戏，赏赐了众人，已到了夜里的丑正三刻（夜里一点四十五分），执事太监启道："时已丑正三刻，请驾回銮。"元妃听了，不由得满眼又滚下泪来，却又勉强堆笑，拉住贾母、王夫人的手，紧紧不放，再三叮咛。贾母等人已经哭得哽噎难言了。

回娘家只待了四五个小时，元妃就哭了五六回。贾元春的涵养应是极高的，回家省亲却掩饰不住内心的枯寂。这眼泪骗不了人，这眼泪里藏了多少辛酸，这眼泪也浇灭了薛宝钗选秀入宫的梦。圣上国事纷繁，后宫嫔妃如云，难免顾此失彼。贵为妃子，也不过如此——人前显赫，人后悲凉，反不如寻常人家夫唱妇随，恩爱相伴。

秦可卿临死前托梦说："要知道，这也不过是瞬间繁华，一时欢乐，万不可忘了那'盛筵必散'的俗语，此时若不早为后虑，临期只恐后悔无益了。"薛宝钗见识了皇家的威仪之后，死心塌地地要嫁给知根知底的贾宝玉了。自此以后，薛林二人之间的战争正式打响。薛宝钗母女动用各种手腕拉拢上下人等，贾府上下都对行事大方的薛姑娘赞不绝口。众口铄金，在如此猛烈的进攻之下，爱耍小性儿的林妹妹人设塌陷，自然处于劣势。林黛玉与贾宝玉情切切意绵绵，良宵花解语，静日玉生香，两小无猜，耳鬓厮磨的单纯美好一去不返。一对有情人互相猜忌，常常吵嘴怄气，气得贾母都说他们是一对冤家。

元妃派送礼物，却是贾宝玉与薛宝钗同等，林黛玉与众姊妹一例。贾宝玉心中不平，林黛玉小性儿频频发作，通灵宝玉遗失，贾宝玉疯魔，家宅不宁，上下人心惶惶。

　　歌手孙燕姿在《眼泪成诗》里唱道："我的泪水已经变成雨水早已轮回。"眼泪是真情的自然流露。爱流眼泪的元妃注定在勾心斗角、尔虞我诈的皇宫中处于下风。伴君如伴虎，纵然苦苦支撑了许多年，一朝不慎，恩情全无，只有死路一条。因讹成实元妃薨逝，薛宝钗出闺成大礼，苦绛珠魂归离恨天。

　　元妃的眼泪，拉开了万艳同悲、千红一哭的大幕。

　　元妃的婚姻是不幸的，元妃是很爱弟弟的，却亲手拆散了木石前盟！

尤 氏

尤氏是贾珍的继室。

一个普通人家的女儿，能够成为荣国府的女主人，绝不仅仅是因为有姿色、善于应酬、能顺着贾珍的心意行事。

尤氏热情好客，孝顺长辈，逢年过节就请贾母王、熙凤等人过来赏花、看戏、游玩一番。

贾珍荒唐，焦大借酒撒疯，当着王熙凤等人的面大骂其爬灰。儿媳妇秦可卿脸上挂不住，一病不起，不久魂归西天。府中出了如此重大丑闻，一般人家掩饰都来不及，贾珍却如丧考妣，不，比亲爹去世了还要伤心。荣国府的丧事办得极其奢华，女主人尤氏丢不起这个人——称病不起，撂挑子了。贾珍干着急没办法。宝玉给贾珍支招，让琏二嫂子协理宁国府。王熙凤一是看在与秦可卿素日相好的情面上，二是借机显摆一下自己治家的本事，三是杀一杀宁国府的歪风邪气，就答应了。

众人都去送葬，尤氏请老娘和两个妹妹来府照看，谁知却闹出了更荒唐的事——贾珍、贾蓉父子和贾琏都在尤二姐、尤三姐身上打主意。在尤老娘的默许下，贾琏偷娶了温柔和顺的尤二姐，在花枝巷安家。

宁国府恐怕只有门前那一对石狮子是干净的。柳湘莲误以为尤三姐也是水性杨花的女子，讨要定情信物，刚烈的尤三姐挥剑自刎。

纸里包不住火。王熙凤知道了贾琏在外干的好事，先是指使尤二姐先前定婚的夫家告发贾琏，又步步为营，骗尤二姐搬进府里来，再让秋桐和尤二姐争风吃醋，可怜尤二姐腹中已有胎儿，受不了这等虐待，吞金自尽。

尤氏连失两位如花似玉的妹妹，心里怎能不恨？

恨又能怎样？只能强打起精神，勉强应付。

丈夫还是那般荒唐，甚至愈闹愈不像话，公公躲进了庙里炼丹修道，自己只能睁只眼闭只眼。忍一忍，风平浪静。如果胆敢多嘴，恐怕性命难保。府里丫鬟侍妾个个都比自己年轻貌美，能自保就已经是万幸了。管好自己的嘴，自求多福吧。

偏偏王熙凤得理不饶人，害死了人家妹妹，却还要尤氏给她道歉。尤氏有冤无处理论，只得打掉牙往肚里吞，赔完不是，又赔了五百两银子。

尤氏隐忍退让，已经可以说是窝囊无能了。但不如此，又能如何呢？

一日，贾母高兴，要给王熙凤过生日，还要学那小家子凑份子。大家一合计，共凑了一百五十两有余。贾母道："这事我交给珍哥媳妇了。越性叫凤丫头别操一点儿心，受用一日才算。"

贾母兴师动众地为王熙凤过生日，这是无上的荣光。尤氏找王熙凤讨主意，却被王熙凤抢白了几句。尤氏笑着，不软不硬地说道："你瞧他兴的这样儿！我劝你收着些儿好。太满了就泼出来了。"

第二日，尤氏收份子钱的时候，王熙凤作弊，尤氏开着玩笑当面将其揭穿，顺势做情把平儿的那份退了，还说："我看着你主子这么细致，弄这些钱那里使去！使不了，明儿带了棺材里使去。"随后，又到了贾母处请安，然后和鸳鸯商议，只听鸳鸯的主意行事，讨贾母的欢心就好。二人计议妥当，尤氏又把鸳鸯的二两银子还了，说："这还使不了呢。"一径出来，把彩云的一份也还了。见凤姐儿不在跟前，一时把周、赵二人的也还了。两个姨娘不敢收。尤氏道："你们可怜见的，那里有这闲钱？凤丫头便知道了，有我应着呢。"二人听说，千恩万谢方收了。

展眼到了九月初二日，园中人听说尤氏办得十分热闹，都来打点取乐玩耍，只有玉钏儿独坐在廊檐下垂泪。偏偏宝玉出去给金钏儿烧纸，回来晚了，让贾母等人悬心。待人都到齐了，贾母命尤氏好生待东，众人轮流给王熙凤敬酒，没想到乐极生悲——王熙凤酒沉了，回家撞破了贾琏和鲍二媳妇的好事。撕扯了一阵，夫妇二人又迁怒平儿，打得平儿寻死觅活，尤氏等人闻讯赶来劝架，王熙凤趁机跑到贾母处。贾琏气得拔出墙上的剑来，追着要杀王熙凤。

贾母喝退了贾琏，又笑着说凤姐儿："什么要紧的事！小孩子年轻，馋嘴猫儿似的，那里保得住不这么着。从小儿世人都打这么过的……"说的众人笑了。贾母又骂："平儿那蹄子，素日我倒看他好，怎么暗地里这么坏。"尤氏等笑道：

"平儿没有不是，是凤丫头拿人家出气。两口子不好对打，都拿平儿煞性子……"贾母这才命人传话安抚平儿。当夜贾琏独宿家中，王熙凤在贾母处，平儿在李纨处歇了。府中太平无事。

第二日，贾琏给王熙凤和平儿认错，三人给贾母、邢夫人、王夫人磕了头，回转家中，正在说笑，一个媳妇来回说："鲍二媳妇吊死了。"凤姐忙收了怯色，反喝道："死了罢了，有什么大惊小怪的！"林之孝家的说鲍二媳妇娘家要告，许了二百两银子，也就依了。王熙凤一个钱也不给，反要问个"以尸讹诈"。贾琏暗中调停，许了发送银子，又叫来官府中人帮办丧事。又拿体己给了鲍二一些银两，安慰他说："另日再挑个好媳妇给你。"

试想一下，出了这种尴尬事，一个放荡的女子尚且无颜苟活人世。如果没有尤氏为平儿开脱，没有袭人、宝玉等人的宽慰，以平儿的性子，说不准就有个三长两短。

尤氏在贾母跟前基本上没有什么话语权，但她关键时候的一句话救了平儿一命。王熙凤替尤氏料理了秦可卿的丧事，尤氏替王熙凤操办生日，两个人算是扯平了。

贾琏如此不堪，贾母依然包庇纵容。即便是手段高明，出身高贵，明媒正娶的王熙凤也拿丈夫没有办法。贾珍比贾琏放荡百倍，尤氏这个出身寒微，菩萨心肠，逆来顺受的继室，又能做什么呢？

没有成为尤二姐那样的牺牲品就是万幸，能够自保就是尤氏的最大的成功。

花气袭人

宝玉的婚事，让贾母等人很是闹心。其实，最闹心的那个人，就是宝玉房里没过明路的大丫鬟——袭人。

一个侍候少爷的丫头，最好的结局就是给少爷做妾。府中上下大都已经知道袭人和宝玉的事，就连林妹妹也打趣叫她"嫂子。"通房丫头是很尴尬的，宝玉如果不娶妻，自己就做不了名正言顺的姨娘。所以，袭人操心宝玉的婚事甚于贾母等人。

袭人是贾府买来的丫头，原本是侍奉贾母、史湘云的，因心地纯良，待人和气，处事稳重，被贾母指派给了宝玉，成了宝玉房中的首席大丫鬟。

宝玉房中大大小小的丫鬟十数个，难免淘气闹点小别扭，袭人总是想方设法，悄无声息地处理掉，绝对不惊动贾母、王夫人等。

宝玉小时候受长姐元春教导，元春入宫之后，宝玉依赖袭人这个大自己两岁的丫鬟是情理之中的事儿。

袭人少言少语，贾母戏称她是"没嘴的葫芦"。这样细心周到的女孩子放在宝玉房里，贾母自然放心。袭人年长早熟，宝玉没有主子的样子，其他丫鬟一天到晚就知道玩耍取乐。袭人就像个正经主子，操心着宝玉房中的大小事务。她忠心耿耿，勤勉踏实，任劳任怨，宝玉的针线活大多由她一个人来做，宝玉的衣食住行大都是她亲手打理。袭人贤惠的好名声人人皆知。宝玉与温柔和顺的袭人非常亲近，与她行警幻仙子所授之事时，袭人没有抗拒，还为自己找了个借口——袭人素知贾母已将自己与了宝玉的，今便如此，亦不为越礼。宝玉与她偷食禁果，待她自与别个不同。

袭人素来有些痴处，她服侍谁，心里便唯有谁。何况她已与宝玉有了肌肤之亲，对待宝玉自然是以未来夫君的标准要求的。那次紫鹃试探宝玉，说黛玉要回姑苏去了，宝玉发了疯，差点死掉。袭人冲到潇湘馆，劈头盖脸地质问紫鹃，也不管冲撞了正在吃药的黛玉。那种拼命的架势，完全是妻子心疼丈夫的样子。

宝玉爱在女儿堆里厮混，性情乖僻，不喜读书，不问功名利禄，不求上进，着实让父母头疼。袭人虽身份低微，处境尴尬，却心忧贾府，变着法子冷笑讽刺贾宝玉，如此用心良苦的规劝，宝玉多多少少能听进去一些。

宝玉一天天长大，袭人的忧虑一天天加重。宝玉要是娶个王熙凤那种厉害的少奶奶，自己断然是要被赶走的。宝玉要是娶了林妹妹，两个人情投意合倒也是好事，只是林妹妹心眼儿小，爱吃醋，容不下自己。如果宝玉娶了心胸宽广，随分从时的薛宝钗，妻妾和睦相处，自己过个明路儿，好歹生个一男半女，也算有个归宿。

终身大事，父母之命，媒妁之言。宝玉的婚事自然是由王夫人等决定，肯定是非薛宝钗莫属。尽管谁都能看出来宝玉的心在林姑娘身上。但是胳膊扭不过大腿，宝玉最后还不是得乖乖地听大人的话。可是，无巧不成书。宝玉和黛玉互诉肺腑之言，黛玉如轰雷掣电，口里说着"有什么可说的，你的话我早知道了"的话，竟头也不回地走了。宝玉出了神，误把赶来的袭人当作黛玉，说了"好妹妹，我的这心事，从来也不敢说，今儿我大胆说出来，死也甘心！我也为你弄了一身的病在这里，又不敢告诉别人，只好掩着。只等你的病好了，只怕我的病才得好呢。睡里梦里都忘不了你"的真心话。袭人听了这话，吓得魂消魄散，只叫："神天菩萨，坑死我了。"

"神天菩萨，坑死我了"，这话大有深意。谁坑了谁？肯定是宝玉和她亲热时，有过山盟海誓。毕竟宝玉只说了为她和黛玉出家当和尚的话。也许她以为事情有变，也许她以为宝黛二人已经暗通款曲……总之，袭人以为自己的姨娘梦要破灭了。她岂能善罢甘休，她在这屋里苦心经营，怎能白白拱手相让。她拼死也要想尽一切办法先让贾宝玉娶薛宝钗，然后自己再稳稳地做宝玉的小妾。

机会很快就来了。宝玉调戏金钏儿、流连戏子的事被贾环告发之后，差点被父亲打死。江山易改本性难移。宝玉知道自己吐露真言闯了祸，袭人肯定会对黛玉不利。尽管浑身是伤，他依然牵挂黛玉，避过袭人，让晴雯给黛玉送了几块写诗的旧手绢。

果不其然，宝玉挨打之后，袭人向王夫人进言说宝玉必须好好管教——林黛玉、薛宝钗和宝玉是表亲，男女日夜一处起坐不便，为防众人口舌诋毁，须将宝玉挪出大观园才好。这一席话说到了王夫人的心坎上，王夫人立即给她赏了两碗菜，加了工钱，给了和赵姨娘一样的待遇，意思是日后一定会让她做宝玉的姨娘。

王夫人伺机而动，撵走晴雯之后，又派人抄检大观园，司琪无辜而死。堡垒都是从内部攻破的。贾府日渐衰亡，人口不宁，元春薨之后，王熙凤巧设调包计，让贾宝玉病中娶了薛宝钗。林黛玉烧毁诗帕，魂归离恨天。

宝玉娶了宝钗，袭人的姨娘梦却遥遥无期——她不过是薛宝钗的棋子而已，帮着害死了林妹妹，不仅没有利用价值了，还碍手碍眼。袭人里外不是人，无法自处。贾家失势，宝玉出家。薛宝钗是正妻，袭人没有名分，不好为宝玉守着，只得听了王夫人和薛姨妈的话下嫁给了戏子蒋玉菡。

世人对袭人多有微词。作为一个与主子通房的丫头，袭人肯定要耍诸如"贼喊捉贼"的阴招，以实现自己的目标。她的阴险是奴婢式的，为了稳稳地做个小妾，她可以清除一切拦路虎，其中包括贾宝玉。

她像一朵洒了香水的塑料花，好看实用，却没有爱的灵魂。

荆棘上的舞者

太宗抱恙，病榻之侧，媚娘楚楚动人，太子心猿意马。

是苟且偷生，还是铤而走险？是老死太庙，还是私会太子？

一入宫门深似海。十二年过去了，当年那个聪慧过人、十四岁的少女已经成长为长袖善舞的少妇。十二年了，点滴的恩宠早被漫长的冷落稀释殆尽。见惯了后宫佳丽争宠夺爱、尔虞我诈，你哪里还顾得着人伦纲常，先抓住救命的稻草再做打算。

太宗驾崩，媚娘和没有子女的嫔妃们一起入长安感业寺为尼，受尽凌辱。青灯古寺的日子里，"白头宫女在，闲坐说玄宗"，寂寞空虚疯长，太子继位，身边自然花红柳绿，莺歌燕舞，那份藕断丝连的旧情怎能冲破世俗的藩篱？

天助媚娘！萧淑妃专宠，王皇后企图"以毒攻毒"，你身怀龙胎，有幸得以"二次进宫"。你知道一个名不正言不顺的弱女子，想要在到处都是陷阱的后宫中站稳脚跟，犹如在荆棘上舞蹈，稍有不慎就会流血而死，只有不停地旋转，不停地舞蹈，才能舞出最炫目的精彩。

告别佛门净地，步入滚滚红尘。是福是祸，是生是死，你只能逆水行舟。

媚娘依旧风情万种，眼风撩人，心中早已千疮百孔，冰冷绝望。"看朱成碧思纷纷，憔悴支离为忆君。不信比来长下泪，开箱验取石榴裙。"曾经耳鬓厮磨的高宗，转眼间又怀抱新人。恩宠是靠不住的，美貌是不持久的，亲情也是会骗人的。色衰爱弛是迟早的事儿。女人只有抓住了男人的心才会永不失宠。而男人眼里权利远胜于一切。也许，最初的辅政，只是因为空虚无聊，可是朱笔一挥，便决定了别人生死的快感，于你是实实在在的安慰。

在情感和权利之间，你选择了后者。权利是不会欺骗女人的，把握了权利，便把握了自己和他人的命运。你喜欢主宰自己命运的感觉。于是，你和这个令人爱恨交加的男人结成了政治上的"战友"。与其说"废王立武"是你野心勃勃的

计划，不如说是唐高宗企图借机重振皇权，打击元老大臣势力的一招妙棋。

在一次次的并肩战斗之中，你渐渐取得了高宗的信任，逐步拥有了处理军政的大权，最终在高宗病重的时候，代其行使皇权，行王事，二圣临政，封禅泰山。建言十二事，你的威势日渐煊赫。六十七岁，普通人含饴弄孙，颐养天年的时候，你终于攀上了权力的巅峰，临朝称制，成为空前绝后的武周皇帝。

从二十六到六十七岁，从太宗的才人到高宗的皇后，从垂帘听政到一代女皇，你在荆棘上翩翩起舞，孤军奋战，所向披靡……关于你们的传说三天三夜也说不完。直到今天，乾陵——这座长眠着中国历史上唯一的夫妻档皇帝的帝王陵墓，在咸阳原上的"东方金字塔"群中依然显得谜团重重。你们注定逃不过后人的目光和口水，尤其是你——中国唯一的女皇武则天，一个在封建的男权社会里，离经叛道的另类女人，更是难逃口诛笔伐。你可能早已经料到了一切，便以一面无字碑坦然迎接世人的评判。

你再也不是昔日的媚娘了，毕竟作为君临天下的帝王，工于心计，驾驭臣工更需要杀伐果决。你知道一个人在荆棘上舞蹈，固然光彩夺目，但随时都会掉入深渊。怎样把权利牢牢地抓在手中，使你日夜难安。也许闭上眼睛，你就会梦见有人把你从宝座上拉下来。转眼间，权利不翼而飞，而你身首异处……流言蜚语，随时会将你淹没……这时候，在你眼里，处处都是敌人，太子心怀不轨，大臣蠢蠢欲动，奴婢阳奉阴违……权利在这个时候，就是消除异己的利器，哪怕骨肉相残，哪怕血流成河，哪怕罔顾法纪……

在迷乱和觉悟的十字路口，你又一次选择了后者。因为你深知黎民百姓渴望平定安稳的生活，你知道统治天下靠的是民心向背，你的目光越过权力倾轧的朝廷，关注起普罗大众。在治理国家上，你的雄才大略令人惊叹。你重视延揽人才，首创科举考试的"殿试"制度；你劝农桑，薄赋役，重吏治，稳边疆，积极推行宽容的土地政策，促进了经济发展；你知人善任，不拘一格提拔寒门子弟，重用了狄仁杰、张柬之、桓彦范等一大批中兴名臣。国家在你主政期间，政策稳当、兵略妥善、文化复兴、百姓富裕，故有"贞观遗风"的美誉。毛泽东说："武则天确实是个治国之才，她既有容人之量，又有识人之智，还有用人之术。"宋代洪迈在《容斋随笔》称赞道："汉之武帝、唐之武后，不可谓不明。"清代赵翼称你为：“女中英主。”

老子讲：“道大，天大，地大，人亦大。域中有四大，而人居其一焉。”然而再强大的人也战胜不了自然法则。时光无情，大限将至。你在荆棘上再也无法起舞，属于你的时代已经终结。神龙政变后，你把武周天下拱手让给儿子，重又恢复了李家王朝。你以绝美的姿态退出了历史舞台，奏响了“开元盛世”的序曲，走完了八十二年，充满艰辛、离奇、辉煌而又痛苦的一生。

千年之后，我来到乾陵脚下，长长的司马道直通天际，你们的故事仿佛历历在目，令人浮想联翩。两旁的石雕，久经风霜，仿佛微言大义的圣哲，无声地诉说着一个王朝的风云变幻。巨大的山体，犹如一位酣眠的女子，曲线优美，婀娜多姿。难道，这方天生的风水宝地，早就预知了历史的兴衰荣辱……

为君哪得不伤悲

影片中的姑娘犹如一朵开在河边的小花，哥哥好比呵护着她的大树。一只搁浅的渡船打破了这平静美好的生活。

谁都知道渡船的方向不是停靠在河边，他的理想是在汹涌的海水里乘风破浪。只是暂时还没有机会而已。谈情说爱于他只是餐后的甜点。可是，年轻女子的爱情像杰克的豆秆一样，长得飞快，一夜之间便可参天入云。为了崇高的爱情，小花已经无暇顾及后果……

故事的结局自然是渡船离开了。渡船把小花还给了哥哥，哥哥答应渡船自己一定会像以前那样呵护着小花。

"轻轻的我走了，正如我轻轻的来……悄悄的我走了，正如我悄悄的来；我挥一挥衣袖，不带走一片云彩。"渡船走得心安理得。漫长的悲剧从此开始了。渡船带走了小花的心，她终日以泪洗面，失魂落魄，抑郁终生。痴情的哥哥爱莫能助，默默地陪着她终老一生……

原以为为爱伤怀，是两败俱伤。哪里知道爱只惩罚用心投入的一方。想想一个女人用一辈子咀嚼所有的情伤，该是多么酸涩、痛楚……再看看一个无辜的男人用一生守护自己深爱的，却被人遗弃的，永远也不会属于自己的女子，居然如此平和、沉默……凭是谁，都不能淡然处之……

有位作家说：爱情是一场高热的疾病，叫人怎能不沉沦？是呀！"问世间情为何物，直教人生死相许。"爱来临时，悄无声息，离去时，摔门而去。爱一个人不需要理由，恨一个人却有万千说辞。

突如其来的爱情却需要最长久的时间才能治愈。爱有多深，恨有多深。一时的懵懵懂懂，一生的纠缠不休……爱也悠悠，恨也悠悠。两个人的爱恨情仇，三个人的前世今生……

此生已是过眼云烟，来世是否峰回路转？如果有来生，小花会选择谁？哥哥、渡船，或是其他……

只是，今世的她已经陷入万劫不复的深渊，难以自拔……除了想他、念他、怨他，她别无选择。"眼空蓄泪泪空垂，暗洒闲抛却为谁？尺幅鲛绡劳惠赠，为君哪得不伤悲？抛珠滚玉只偷潜，镇日无心镇日闲，枕上袖边常拭拂，任他点点与斑斑。""我生命里的温暖就都这么多，我全部给了你，但是你离开了我，你叫我以后再怎么对别人笑？"

爱情于某些女人而言是非君莫属，于某些男人却是甲乙丙丁。一时的欢爱是女人一生的历史，在男人眼里却不过是逢场作戏的小插曲。女人是输不起的，女人的真心付出只此一回，女人的爱情没有回头路。林黛玉如此，张爱玲如此，小花亦如此……女人的悲哀在于所遇非人，所爱非人，所恨亦非人。

怪只怪，在名利面前，在诱惑面前，爱情太卑微。男人自以为拥有了名利便可以拥有一切。女人相信拥有了爱情才算拥有了一切。女人绝不是天生的冒险家，她只是一头为爱痴狂的猎物。只可惜猎人满载而归，全身而退时，女人却渐入佳境，欲罢不能……

遇见他是一种错，爱上他是另一种错，忘不了他是错上加错。男人的爱在前戏，女人的爱在中场。因缘际会，爱恨无奈。所以，男人，请不要轻易对一个女人说我爱你。所以，女人，请永远不要相信男人说我真的很爱你。因为男人的爱轰轰烈烈，来得快去得也快；女人的爱绵绵柔柔，来得慢去得更慢。

女人一生的悲剧，皆在于她天性敏感，又太好奇，太爱幻想，容易做梦……爱情的游戏规则简单而又残酷——爱情的国度里，没有平等，只有一方听从一方。所以，女人，当有一个男人说爱你时，请三思而后行。所以，男人，当有一个女人说喜欢你时，请无所顾忌地接纳她。因为男人的爱一春一秋，女人的爱一生一世。

女人如花，佳期如梦。爱，是前世修来的缘。佛说：那一年磕长头在山路，不为觐见，只为贴着你的温暖；那一月我转动所有的经筒，不为超度，只为触摸你的指尖；那一世转山，不为修来世，只为途中与你遇见。爱用一辈子践行都来不及，何必用恨去发酵散如风雨的往事。爱是治愈爱的良药，唯有爱，爱你所爱，爱用心爱你之人，爱值得你爱的人，一生才会无怨无悔……

耶稣说：完美的爱，可以战胜一切恐惧。果真如此吗？

我确信爱情如约·谢菲尔德所言：爱情是生命的盐。多了，少了，都不对。

人生自古有情痴

武功县历史悠久，人杰地灵，乃周人始祖后稷教民稼穑之地，大汉忠臣苏武故里，也是前秦苏蕙织锦故事的发源地。

苏蕙，字若兰，魏晋三大才女之一，回文诗与织锦术之集大成者，传世之作为一方用五色丝线织就的手帕，其上织有 840 字的回文诗。因"回文"和"璇玑"皆有回环绕转之意，故称为《璇玑图》。《璇玑图》锦帕精妙绝伦，不仅让苏蕙夫妇破镜重圆，还让她名垂青史，千古流芳。

据《晋书·列女传》记载，苏蕙家住始平郡（今陕西咸阳武功一带），善属文织锦，仪容秀丽，智识精明，是陈留县令苏道质的三姑娘。苏蕙天资聪颖，三岁学字，五岁学诗，七岁学画，九岁学绣，十二岁学织锦。及笄之年，上门提亲者络绎不绝，苏蕙却无一中意。

十六岁那年，苏蕙随父游阿育王寺（今法门寺），在寺西池畔见一青年仰首搭弓，飞鸟应声落地；俯身射水，游鱼带矢浮出。池岸有一出鞘宝剑，寒光闪亮，压着几卷经书。青年姓窦名滔字连波，文武双全，举止潇洒，令苏蕙一见倾心。法门巧遇后双方由父母作主，喜结连理。

婚后二人恩爱甚笃，艳羡乡里，早有白头之约，纵时移世易，不负盟约。新婚燕尔，窦滔从军，俩人绫坑话别，情意缠绵，难舍难分。窦滔军功卓著，威震秦国，官封秦州刺史，苏蕙随夫赴任，相亲相爱，被誉为"行走的画人"。然天有不测风云，窦滔因忤上被前秦苻坚发配流沙。苏蕙在家一边纺纱织锦养家糊口，一边奔走呼号营救丈夫。功夫不负有心人，在苏蕙等人的斡旋下，苻坚赦免窦滔，令其镇守襄阳。苏蕙满以为苦尽甘来，夫妻即可团聚。哪知窦滔早已移情别恋，暗中纳赵阳台为妾。苏蕙闻讯痛不欲生，拒往襄阳。军情紧急，夫妻隔阂无计消除，窦滔携赵阳台出任襄阳，苏蕙留守家中。赵阳台挑拨离间，窦滔渐与苏蕙断绝联系。

独守空房，苏蕙暗自悔伤，夙夜忧叹，寄情诗词，呕心沥血，巧妙编排，织成举世无双的《璇玑图》锦帕。此时淝水大战在即，襄阳吃紧，苏蕙命人火速将《璇玑图》锦帕送至窦滔手中。看到妻子苦心孤诣织造的《璇玑图》，窦滔幡然悔悟，立即将赵阳台遣返关中，并具车仪接苏蕙至襄阳。原以为夫妻可以重逢，谁知淝水一战，前秦惨败，国家四分五裂，恩爱夫妻终难晤面。

苏蕙是不幸的，但她织造的《璇玑图》锦帕巧夺天工，乃回文诗作与织锦技艺的完美结合，正读、反读、纵横反复皆为诗章，当时已是备受称赞，千百年来更是获誉无数。一代女皇武则天称苏蕙才情之妙"超今迈古"，并为之作序。宋代才女朱淑真为其著《璇玑图记》。古典小说《镜花缘》也援引其事。苏轼等名人雅士亦纷纷效仿创作回文诗。近现代与《璇玑图》相关的文艺作品更是数不胜数。

今有武功企业家赵哲先生以振兴古纺为己任，以造福桑梓为梦想，挖掘整理民间传说，保护传承织锦文化，创办苏绘土织布公司，取得丰硕成果。

赵哲先生是一位有强烈使命感的民营企业家，他把对苏蕙织锦文化的无限热爱、对家乡父老的赤子之情，化作了经营企业的动力。在他坚持不懈的带动宣传下，土织布已发展为武功农民脱贫致富的招牌项目，享誉全国，驰名中外。付出总有回报。身为陕西苏绘实业有限公司董事长，赵哲先生得到了社会各界的认可和赞扬，先后被评为苏蕙织锦与民间风俗送手绢省级非遗传承人、陕西省劳动模范。

常言说，"人生苦短，一个人一辈子做好一件事情足矣！"赵哲先生认准了土织布市场，以惊人的商业天赋将公司经营得风生水起，以对苏蕙织锦的哲理性认知培育了独特的企业文化，使得"拥有苏绘，幸福一辈"的宣传口号，日渐深入人心。

为了进一步弘扬苏蕙织锦的文化内涵，赵哲先生在武功县北大门倾力打造"苏绘文化广场"和"苏绘锦悦府"两大项目。为了弘扬苏蕙文化，赵哲先生独具匠心，特邀青年画家郭雨璇创作《苏蕙小传》系列画作十二幅，作为苏蕙文化广场浮雕的蓝本和公司对外宣传的新亮点。郭雨璇女士画风细腻，笔意洒脱，先后应邀在美国、澳大利亚举办个展，作品多次被国家、个人、艺术机构收藏。

千百年来，苏蕙深受各界人士喜爱。武功人氏王新团，擅长写意牡丹，公干在外，心系家乡。兴平人姚波显，长期从教武功，喜摄影，善书法。二位雅士闻听此事，积极响应，共商复兴苏蕙织锦文化之大计。

拯救传统文化，振兴县域经济是一项迫在眉睫的任务。苏蕙织锦的故事也受到了咸阳市委宣传部的高度重视，特推出十大青年作家签约重大题材活动。我有幸选择了苏蕙织锦的故事，耗时五年多，历尽千辛万苦，创作完成了三十多万字的长篇历史小说《璇玑图》。赵哲先生提议将《苏蕙小传》作为书中插图，并宣布有生之年要将《璇玑图》拍成影视剧。新会写苏蕙，雨璇绘璇玑，实乃天作之合，成就了一段美谈。

世道多磨难，人生有情痴。苏蕙织锦的故事常讲常新，苏蕙可贵的精神光耀万代。郭雨璇女士自受邀日起，废寝忘食，查阅资料，创作草图。为了集思广益，赵哲先生特意邀请王新团、姚波显、郭雨璇和我组建苏蕙寻芳团，多次会看画稿，外出采风，以加深对苏蕙织锦故事的理解。

韦伯斯特说："人们在一起可以做出单独一个人所不能做出的事业。智慧、双手、力量结合在一起，几乎是万能的。"功夫不负有心人。在苏蕙寻芳团的群策群力下，郭雨璇女士耗时一年半，毁纸千张，终于创作出了令人交口称赞的《苏蕙小传》的十二幅画作。我亦历时六年，九易其稿，出版了《璇玑图》一书。

风好正扬帆，愿我们乘着时代的东风，破浪前行，早日实现梦想！

人比黄花瘦

十一月的趵突泉公园是菊的海洋。入口处的几组菊花屏风，鲜艳夺目，造型别致，一下子就吸引住了我们的眼球。

缓缓流淌的小河，顾影自怜的绿柳，久经风雨的千年古桥，无一不展示着原汁原味"户户垂柳，家家泉水"的济南美景。园艺师们用各色菊花打造的忆江南、访菊等场景，让我忍不住想起了《红楼梦》中那些结社写诗、才貌双全的女子。

菊，花中之隐逸者，在这里却无拘无束，开得热情奔放。金黄的耀眼，浅紫的妩媚，纯白的高洁，淡绿的清雅……一丛丛，一片片，一朵朵，或长在水边，或攀上假山，或躲在墙角，让人惊喜不已。

随处可见的泉眼，被造型各异的井栏围住，光是听名字，"珍珠泉""金线泉""漱玉泉""柳絮泉"……就让人心生欢喜。济南天下名泉七十二，趵突泉为首。趵突泉水量丰沛，水质洁净，可以直接饮用。济南人爱水、敬水，普通人家的井栏都雕刻有花纹，趵突泉当然也不例外——人们在趵突泉泉眼处建有观澜亭，亭子四周砌有汉白玉围栏，供奉着鲜花果蔬。我们在石桥上凭栏俯瞰，尽得水趣。几股泉水如火树银花，源源不断地从地下喷涌而出，千年不息，自然形成一泓湖水。历朝历代的文人墨客对它称颂不已。清代文学家蒲松龄赞道："海内之名泉第一，齐门之胜地无双。"

在这菊与泉交相辉映的公园中漫步，实在是一件赏心乐事。这花似乎独得了这泉的灵性，这泉又好像知晓了这花的心思，弯弯绕绕，绕出了无数小径，万千风情。这黄花伴着清泉，仿佛永无尽头，我们徜徉其中，不辨东西。突然，一处庭院挡住了我们的去路——易安旧居，我惊讶地喊出了声。

门首照壁前有李清照的汉白玉雕像——手持诗卷，凝神静气，似在默默记诵，又似在细细回味，显得端庄高雅，秀美温婉，几乎与我想象中的美女作家毫厘不差。我忍不住上前抚摸她的手臂，好像多年不见的好姐妹。

请原谅我的愚钝，我向来缺乏把书本和现实联系起来的天赋。我真的没有想到，会在这里邂逅历史上最伟大的女词人。那花、那泉莫非都是你的使者，她们悄悄地把我领到了你的面前。在唐诗宋词的世界里，你是婉约派的代言人，被誉为"词界皇后"，九百多年来受人敬仰。你生在豪门望族，父母均是文学爱好者。你在这风景秀美的大明湖畔、趵突泉边长至六岁便随父亲去了开封。父母开通，天资聪颖的你得以亲近书本，接触大自然。你那首"蹴罢秋千，起来慵整纤纤手"，"见有人来"，"和羞走，倚门回首，却把青梅嗅"的美少女形象，一改大家闺秀弱不禁风的旧习气，唤起了多少人对你的喜爱。

十八岁那年，你和太学生赵明诚喜结连理。婚后，你们两人志同道合，研究金石刻词，遇有文物，"亦复脱衣市易"，实在是骨灰级的金石收藏家。你们伉俪情深，生活风雅有趣——坐归来堂饮茶，言某事在某页，以中否角胜负，为饮茶前后。你博闻强记，自然得胜，在文学史上传为佳话。

"常记溪亭日暮"的幸福时光总是太短暂。婚后不久，赵明诚负笈远游，你的离愁别绪无计可消除，才下眉头，却上心头。你寄情于琴棋书画，"银筝夜久殷勤弄，心怯空房不忍归"。春寒料峭，你以酒浇愁，"夜来沉醉卸妆迟，梅萼插残枝"。寒食将近，你重门紧闭，"看征鸿过尽，万千心事难寄"。秋风渐起，你"独上凤凰台忆吹箫，多少事，欲说还休"……

这两地相思，仅仅是苦难的一部分。家庭变故，丈夫入狱，对你冲击很大，你们退居青州，节衣缩食，"甘心老是乡矣"，耗时十余年，终于写成了三十卷的《金石录》。就是这样相濡以沫，安贫乐道的平淡日子，也不能天长地久。你四十二岁那年，金兵入侵，公婆离世，你们南渡至江宁避乱，从此开始了颠沛流离的生活。

客居他乡，你时时牵挂着故土家园。你在"睡起觉微寒，梅花鬓上残"时，发问"故乡何处是？忘了除非醉"。你在暮春时节，"永夜恹恹欢意少，空梦长安，认取长安道"。淫雨霏霏之际，你埋怨谁在窗前种下了芭蕉树，那"点滴霖霪，愁损北人，不惯起来听"。

赵明诚出仕，遇金兵围城，缒绳而逃，你羞愧交加，愤然写道："生当作人杰，死亦为鬼雄。至今思项羽，不肯过江东。"三年后，赵明诚积劳成疾，病倒建康，等你赶到后两个月便撒手而去。从此，你一个人带着多年收集的文物，追随着逃难的皇帝，辗转漂泊在江浙一带。再嫁张汝舟，也许是无奈之举。但婚后发现所嫁非人，你毅然选择了离婚——按宋朝律令，妻子提出离婚，不管何种原因，都要坐牢两年。足见你是一个向往纯真情感，意志坚强，绝不向生活低头的奇女子。

国破，家亡，丧夫，离乱，居无定所，无情的灾难，使得你的忧愁痛苦，益发深重。"靖康之耻"极大地震动了你的心灵，你的作品由书写儿女情长、个人遭际，升华到了民族大义、国家安危。你以"南来尚怯吴江冷，北狩应悲易水寒"直刺苟且偷生、偏安一隅的南渡君臣；你用"南渡衣冠少王导，北来消息欠刘琨"表达对统治集团的极大失望和愤慨；你曾"沥血投书"，告诫圣上"夷虏从来虎狼心，不虞预备庸何伤""铁肩担道义，妙笔著文章"；你爱憎分明，悲愤激越的诗句，蕴含着浓浓的爱国之情，却唤不醒病入膏肓的朝廷，怎能不让人绝望透顶呢？

"感月伤怀多少事，如今老去无成。谁怜憔悴更凋零。试灯无意思，踏雪没心情。"晚年，你悼念丈夫，追忆往事，悲叹自己无儿无女，孤苦无依，日子过得十分恓惶。偶遇旧日亲友，你"相逢各自伤迟暮，犹把新词诵奇句。盐絮家风人所许。如今憔悴，但余双泪，一似黄梅雨"，让人读来心中滴血。元宵佳节，融和天气，你悲叹"人在何处"，担心"次第岂无风雨"，婉拒了"香车宝马"的"酒朋诗侣"，追忆"中州盛日""簇带争济楚"的欢乐……你是素来喜欢游山玩水的，如今却"风鬟雾鬓……"令人唏嘘不已。

踏着你昔日的足迹，看黄花遍地，听清泉静流，细细品读你的文字，不由得悲从中来。想当年，你新婚燕尔，与丈夫别离，你"东篱把酒黄昏后"已"人比黄花瘦"。就是这样一个娇美动人，才情过人的弱女子，后来却家破人亡，孤苦伶仃，历经人间悲苦，生活困苦不堪到"只恐双溪舴艋，载不动许多愁"的地步。命运多舛，你却没有屈服，犹如"宁可枝头抱香死，不肯飘零北风中"的秋菊，词风由婉约而豪放，"直与压倒须眉"，发出"欲将血泪寄山河，去洒东山一抔土"的呼喊。

时光流逝，朝代更迭，遭人唾骂的南宋小朝廷早已淹没在了历史的尘埃之中，富强民主的新中国正在世界的东方崛起，你的漱玉之词，穿越了时空的界限，历久不衰，依旧脍炙人口，让人常品常新，犹如这园中不畏风霜的菊花，绵延不绝的清泉，高洁美丽，令人一咏三叹，浮想联翩。